Johann Paul von Falkenstein

Zur Charakteristik König Johanns von Sachsen

In seinem Verhältnis zu Wissenschaft und Kunst

Johann Paul von Falkenstein

Zur Charakteristik König Johanns von Sachsen
In seinem Verhältnis zu Wissenschaft und Kunst

ISBN/EAN: 9783743491939

Hergestellt in Europa, USA, Kanada, Australien, Japan

Cover: Foto ©Raphael Reischuk / pixelio.de

Johann Paul von Falkenstein

Zur Charakteristik König Johanns von Sachsen

Zur Charakteristik
König Johann's von Sachsen

in seinem Verhältniß

zu

Wissenschaft und Kunst.

Gedächtnißrede

von

Dr. Johann Paul von Falkenstein.

Neue und in den Beilagen veränderte Auflage, besorgt von J. Petzholdt.

Dresden.
Verlag von R. v. Zahn.
1874.

Vorwort
zur ersten Auflage.

Zu dem nachstehenden, auf Veranlassung und in der Mitte der Königl. Sächs. Gesellschaft der Wissenschaften zu Leipzig am 24. Februar d. J. von mir gehaltenen Vortrag gestatte ich mir Zweierlei zu bemerken, erstens, daß derselbe nur ein Charakterbild des verewigten Königs Johann, nicht eine Biographie desselben zu bieten versucht, und zweitens, daß es angemessen schien, Einiges, was der Vortrag, der sich auf eine verhältnißmäßig kurze Zeit zu beschränken hatte, nur andeuten konnte, durch Beifügung von Beilagen, auf welche unter dem Texte hingewiesen ist, zu ergänzen, was insonderheit einem künftigen Biographen von Nutzen sein dürfte.

Dresden, am 1. März 1874.

v. Falkenstein.

Vorwort
zur neuen Auflage.

Der ungetheilte Beifall, den die Gedächtnißrede des Herrn Staatsminister a. D. Dr. v. Falkenstein auf den verehrten hochseligen König Johann in engeren Kreisen — weil der davon veranstaltete Abdruck nur in einer verhältnißmäßig geringen Auflage dem Publikum zugänglich gewesen ist — gefunden hat, berechtigt zur sichern Erwartung, daß diese Rede auch in weiteren Kreisen, denen sie durch eine neue Auflage leicht zugänglich gemacht werden soll, willkommen geheißen und beifällige Aufnahme finden werde. Ich freue mich herzlich, daß ich dem größeren Publikum die Hand dazu bieten darf, sich die Gedächtnißrede zu eigen machen zu können, worin man das liebe Bild des heimgegangenen edlen und großen Fürsten in so getreuen und gefühlvollen Zügen eingezeichnet findet.

Die Gedächtnißrede selbst ist natürlich in der neuen Auflage ganz unverändert geblieben. Dagegen haben die derselben beigefügten Beilagen insofern eine Abänderung erhalten, als von den in der ersten Auflage mitgetheilten ein paar, welche mehr für engere Kreise des Publikums Interesse haben, weggelassen und an deren Statt mehre andere aufgenommen worden sind, von denen man voraussetzen darf, daß sich dafür auch in weiteren Kreisen

Sinn und Verständniß überall finden werden. Dahin gehören die beiden, obschon bereits anderwärts gedruckten, doch wohl wenig bekannten Reden, welche der König als Prinz, die eine bei Gelegenheit der Uebergabe des Augusteums an die Universität Leipzig im Jahre 1836 und die andere zur fünfundzwanzigjährigen Stiftungsfeier des Alterthumsvereins in Dresden im Jahre 1850 gehalten hat; ferner eine Skizze der vom König in seinen Muße=stunden zu Riva verfaßten Novelle; sodann noch eine kurze Dar=stellung der regelmäßigen täglichen Lebensweise des Königs; und endlich eine Ueberficht aller der gelehrten Gesellschaften und ver=wandten Vereine, denen der König als Mitglied angehört hat.

Möge diese neue Auflage mit dazu beitragen, in Liebe und Verehrung, die man dem hochseligen König im Leben nach Ver=dienst in so reichem Maße gezollt, das Andenken an Ihn auch nach seinem Tode lebendig und wach zu erhalten.

Dresden, am 1. Juli 1874.

J. Petzholdt.

Den Wunsch, eine Charakteristik unseres unvergeßlichen Königs, des langjährigen Protektors dieser hochgeehrten Gesellschaft der Wissenschaften, durch meinen Mund zu vernehmen, suche ich zwar schüchtern, aber doch mit freudigem Herzen zu erfüllen — von der Hoffnung nicht nur, nein, von der festen Ueberzeugung getragen, daß Sie die Arbeit mit Nachsicht aufnehmen und, wenn Sie auch darin Vieles vermissen, doch allenthalben dem ernsten Streben begegnen werden: Wahrheit in einfachster Weise zu geben; denn gerade bei der Schilderung eines Königs, den man mit vollstem Rechte „Johann den Wahrhaften" nennen kann und der Feind aller hohlen Phrase war, ist es doppelte Pflicht, abzusehen von jeder Schmeichelei und die reine Wahrheit zu verkünden. Bei Persönlichkeiten von solcher Bedeutung hat man nicht zu fürchten, durch wahrheitsgetreue Charakteristik das Bild zu verdunkeln oder zu vernichten, das man sich von ihnen gemacht hat.

Gewiß mit gutem Grunde haben Sie den gegen mich ausgesprochenen Wunsch durch den Zusatz näher bestimmt: bei der Arbeit besonders auf das innere und äußere Verhältniß des Königs zu Wissenschaft und Kunst Rücksicht zu nehmen; denn abgesehen davon, daß es sich hier ohnehin nicht um eine umfassende Biographie handeln kann, ist auch gerade über die sonstigen Lebensverhältnisse des Verewigten, seine Tugenden als Gatte, als Vater, als Regent, so viel Treffliches im Allgemeinen geschrieben, wenn auch nicht im Detail ausgeführt worden, daß ich in einer Charakteristik Neues kaum hinzufügen und nur bestätigen könnte, daß durch sein ganzes Leben ein harmonischer

Zug hoher Sittlichkeit geht, der sich, wie in seinen Beziehungen zu Wissenschaft und Kunst, so auch in seinen Verhältnissen als Familienvater und Regent kund giebt.

Mit Recht konnte daher auch Sillig in seiner Rede beim Regierungs-Antritt des Königs 1854 sagen: „Jene Eigenschaften, die ihm das Zutrauen des Volkes erwarben, weil sie solche sind, die der Mann vorzugsweise vom Manne fordert, waren die sittliche Würde, die sich in keiner seiner Handlungen verleugnete, der hohe Sinn für Gerechtigkeit, die unerschütterliche Ruhe, die der Prinz in heiteren, wie in trüben Tagen behauptete, und die strenge Erfüllung der Pflicht;" und wenn Jean Paul, als er zum erstenmal Gelegenheit gehabt hatte, dem Prinzen näher zu treten, ausruft: „Die Welt muß Einem immer lieber werden, da es Prinzen giebt von solchem Geist, solchen Kenntnissen und solcher Gesinnung, wie ich heute Einen kennen und lieben lernte," so giebt er dadurch dem Eindruck Worte, den Jeder hatte, dem das Glück zu Theil ward, im Verkehr mit dem damaligen Prinzen oder dem nachmaligen König zu treten.

Es war eben in seinem ganzen Wesen, bei aller Einfachheit und Bescheidenheit, eine, wenn ich so sagen darf, überwältigende Liebenswürdigkeit; nicht eine gemachte, sondern eine durch das Genie, das ihm innewohnte, ihm selbst unbewußt, erzeugte. Denn daß der Verewigte Genie hatte, d. h. daß er die geistige Anlage hatte, Wissenschaften und Künste mit Leichtigkeit aufzufassen und zu bearbeiten und in ihnen etwas Bedeutendes zu leisten, wird sich im Verlauf dieser Rede klar ergeben, wenn man ihm auch vielleicht das ohnehin zweifelhafte Lob, er sei ein Genie gewesen, nicht ertheilen mag. In der That überragte aber die Geisteskultur des Königs die gewöhnlichen Schranken und hatte eine fast universelle Bedeutung erlangt. Dem Einfluß seiner einfachen und frommen Erziehung durch einen trefflichen, oft nicht genug erkannten Vater und seine Lehrer und Führer aller Art mochte er es mit verdanken, daß er, fern von religiöser, philosophischer, oder politischer Einseitigkeit und Engherzigkeit,

wie Wenige, die Erreichung des Ideals echter Humanität
und vollster Wahrheit sein ganzes Leben hindurch anstrebte
und auch die Wissenschaft und Kunst nur als edle Mittel zur
Erreichung dieses Zweckes betrachtete. Seine tiefen und um=
fassenden Kenntnisse der Geschichte in ihren Anfängen, wie in
ihrer Entwickelung hatten ihn gelehrt, daß Forum und Vaticanum
nicht durch eine unübersteigliche Kluft getrennt sein müßten, son=
dern daß beide ihre welthistorischen Aufgaben haben, die nur zu
rechter Zeit und in rechter Weise zu lösen sein werden; daß es
sich in Rom und in Griechenland nicht etwa blos um Bewun=
derung der Ueberreste einer großen vergangenen Zeit handle, daß
man sich daher nicht in luftigen Phantasieen oder haltlosen Kritiken
beim Anschauen jener Ueberreste verlieren dürfe, sondern daß man
sich bestreben müsse, jene große Vergangenheit nutzbar für die
Gegenwart zu machen, und daß nicht die Masse von Kenntnissen,
sondern die Gesinnung, in welcher die Kenntnisse verwerthet
werden, die Hauptsache sei. Mit Recht betonte daher auch der
König bei den Personen, für die er sich interessirte, nicht blos
den „Geist", nicht die „Kenntnisse", sondern vor allen Dingen
die „Gesinnung", welche von allen höheren Kräften zusammen
hervorgebracht wird und dann dem Menschen seine moralische
Haltung, seiner ganzen Erscheinung ihren Ausdruck verleiht. In
unserem König war es die Milde, die innere Wahrheit, die
keusche Sittlichkeit, ruhend auf der tief religiösen Ueberzeugung,
die den Menschen beglückt, indem sie ihn erleuchtet. Erfüllt von
solcher Gesinnung und daher gemäßigt und mild in allen seinen
Urtheilen über Menschen und Verhältnisse, auch den Evangeli=
schen, unbeschadet seines treuen und gewissenhaften Festhaltens
an den Satzungen seiner Kirche, Gerechtigkeit gewährend; das
Forschen in der Heiligen Schrift, wenn es nur dem Streben nach
Wahrheit galt, hochehrend — so finden wir den König zu aller
Zeit: in der frischen, frohen Jugend, wie im ernsten, schwerge=
prüften Alter; und es ist deßhalb sehr schwer, aus solchem innern
harmonischen Leben Einzelnes herauszugreifen, um das Gesagte

1*

zu bestätigen und darzuthun, wie schon in den jugendlichen Jahren sich der Schmuck der Blüthen zeigte, in denen sein Dasein athmete und fort und fort sich entwickelte.

Ausgerüstet mit einer ungemein raschen Auffassungsgabe und einem wunderbar rasch aufnehmenden wie festhaltenden Gedächtniß ward es ihm, ungeachtet er erst in reiferen Jahren den Sprachstudien sich mit Ernst widmete, doch leicht, sich mit der Litteratur der Griechen und Römer bekannt zu machen; und ich habe selbst noch aus dem Munde Böttiger's, Sillig's, Tittmann's u. s. w. es vernommen, mit welcher Bewunderung sie von den ganz eminenten Fortschritten sprachen und von dem unermüdeten Eifer, mit dem der Prinz dem Sprachstudium sich hingegeben; und welche Freude der Prinz selbst empfand, daß er die herrlichsten Erzeugnisse griechischen Geistes, daß er insonderheit auch die Quellen unserer christlichen Religion in der Ursprache lesen konnte. Es ist bekannt, daß er sich mit Homer und Sophokles, mit Plato, Thucydides, Demosthenes und auch späterhin mit Aristoteles vorzugsweise gern beschäftigte und mit Böttiger z. B. manches griechische Distichon wechselte, deren mehre noch jetzt aufbewahrt sind. Unterstützt durch jenes vortreffliche Gedächtniß, hatte er, wo es darauf ankam, sofort die wichtigsten Stellen des neuen Testaments, Oden des Horaz, ganze Gesänge des Homer in promtu und überraschte gar oft, wenn er eine im Laufe des Gespräches erwähnte Stelle sofort vollständig aus dem Gedächtniß recitirte oder die begonnene vervollständigte. Wie er jede Entdeckung im Felde der Wissenschaft mit lebhaftestem Interesse verfolgte, so nahm er natürlich auch an der Auffindung des Codex Sinaiticus und dessen Verhältniß zu dem Codex Vaticanus den lebendigsten Antheil, und ich entsinne mich selbst der Unterhaltung mit Herrn Professor Tischendorf, bei welcher der König eine große Anzahl von Stellen des Neuen Testamentes in der Ursprache recitirte und bei jeder einzelnen fragte, ob und welche Abweichungen etwa der neue Codex enthalte. Horaz und Homer begleiteten ihn übrigens stets auf seinen Reisen, und als er aus dem Kriege 1866 zurückkehrte, war es seine Lieblingsbeschäftigung, in seinen Mußestunden des Demosthenes Philippische Reden zu studiren; sowie er auch Strabo und Virgil's Georgica wiederholt und immer unter Zuhilfenahme von Karten und sonstigen Erläuterungsmitteln las. Denn so gewiß er das Lesen der Klassiker als eine Art von Erhebung oder Erholung nach größeren körperlichen oder geistigen Anstrengungen betrachtete; so nahm er es doch sehr ernst und suchte sich — entfernt von Wortkritik oder überhaupt von Einzelheiten — vor allen Dingen mit dem Ideengang des Schriftstellers vertraut zu machen. Darauf hatten ihn freilich Männer wie Böttiger, namentlich aber Tittmann, unter dessen Führung der König die Politik des Aristoteles las, und der bekannte Konrektor Sillig, der bei der Lektüre des Thucydides rathend ihm zur Seite stand, hingewiesen, und oft erwähnte er noch dankbar des treuen Beistandes, den ihm diese gewährt hatten. Nur beiläufig mag hier erwähnt werden, daß der König besonders auch in späteren Jahren den Naturwissenschaften eifrig sich widmete und z. B. unter Leitung des Chemiker Stein sich Kenntnisse aneignete, welche bei dem Besuche der Universität Leipzig die Professoren, an deren Vorlesungen er Theil nahm und mit denen er sich über dieselben unterhielt, Bewunderung erregten: weil er durch die Bemerkungen und Fragen sofort zeigte, daß er gründlich studirt hatte und daher allenthalben das punctum saliens traf. Es werden in dieser hohen Versammlung nicht Wenige sein, die dies zu bestätigen und durch Beispiele nachzuweisen im Stande sein würden, und es mag mir nur erlaubt sein, insbesondere an die Besuche der chemischen, physiologischen und physikalischen Institute der Universität und daran zu erinnern, mit welcher Sicherheit er seine Anschauungen über die Aufgaben der verschiedenen Zweige der Naturwissenschaften darlegte; wie er insbesondere von der Physiologie erwartete, daß sie bereinst Regeln aufstellen werde, welche der körperlichen Entwickelung des Kindes und der Gesundheit der Erwachsenen zu Gute kommen würden, und die Hoffnung aussprach: es werde der Wissenschaft nach und nach gelingen, die Grenzen zwischen dem physischen und psychischen Leben scharf zu ziehen und dadurch dem rohen Materialismus einen Damm entgegenzusetzen; wie er denn auch bei den mannigfachen physikalischen Entdeckungen, die ihm vorgeführt wurden, immer auf den Segen, den dieselben für die Industrie u. s. w. haben könnten, hinwies u. s. w.

So hat er z. B. auch den Gedanken: daß die Physiologie sich mit dem ganzen Menschen beschäftigen solle, im Gegensatz zu der Physiologie der einzelnen Organe, festgehalten, weil er darin das eigentlich dem Menschen Nutzenbringende zu erkennen meinte, und hat die Möglichkeit und das Wünschenswerthe der Errichtung einer Anstalt nicht aus den Augen gelassen, in welcher die Abhängigkeit der Arbeitskraft, der Widerstandsfähigkeit gegen die wechselnde Temperatur u. s. w. von der Nahrung, Kleidung u. s. w. mathematisch untersucht würde.

Bekannt ist es übrigens, wie er sich für die vollständige Herstellung des sogenannten „medicinischen Viertels", wie er jenen Gebäude=Komplex zu nennen pflegte, interessirte und die entgegenstehenden Schwierigkeiten bei gelegentlicher Anwesenheit in Leipzig persönlich zu beseitigen bemüht war; und wie er sich beim Durchsehen eines Lektionskatalogs über neue Instituts=Gebäude und neue Namen von Professoren freute, die er noch zu sehen und zu hören hatte, und schon im voraus den Plan zu einem neuen Besuch seiner „lieben Universität"*) entwarf.

Das Talent und die vorherrschende Neigung für das Studium der Sprachen hatte den König auch schon frühzeitig auf das, damals noch in der Kindheit liegende, Studium der höhern Sprachvergleichung hingeführt; Bopp's und W. v. Humboldt's Arbeiten hatten ihn im höchsten Grad interessirt; ernstes Studium des dazu unentbehrlichen Sanskrit machte ihn um so eifriger, je größer die zu überwindenden Schwierigkeiten waren; die seltene Bibel=

---

*) S. Beilage 1.

sammlung in den verschiedensten Sprachen in seiner Bibliothek regte ihn zu manchen neuen Ideen an; und so fand er sich geschickt und veranlaßt, im Jahre 1842 in einer der Abendgesellschaften, in denen er von Zeit zu Zeit Gelehrte um sich versammelte, einen Vortrag über „vergleichende Sprachkunde und die enge Verbindung der Indogermanischen Sprachen untereinander" zu halten, der offenbar die Zuhörer gefesselt haben muß, da Abschriften davon unter mehren Theilnehmern circulirt haben.*)

Ich weiß sehr wohl, welche ungeheuren Fortschritte gerade dieser Zweig der Wissenschaft in der neueren Zeit durch Bopp selbst, Schleicher, Curtius und Andere gemacht hat; immerhin zeugt es von der seltenen Geistesbildung und Geistesschärfe, daß der König einer damals fast neuen, ziemlich abstrakten Lehre mit solchem Eifer sich hingab, und wir können es uns nicht versagen, einige Momente aus jener Abhandlung hier mitzutheilen.

„Sowie überhaupt" — beginnt jene Abhandlung — „der wunderbare Bau der Sprache, diese Blüthe aus dem Stamme der Menschheit ein anziehender Gegenstand des Studiums ist, so insbesondere die Verwandtschaft der verschiedenen Sprachen untereinander. Sie läßt uns einen Blick in das innere Treiben des Menschengeistes in verschiedenen Zeiten und Ländern thun und wirft oft ein Licht auf Perioden der Geschichte unseres Geschlechts, wo uns jede urkundliche Quelle, sogar die vielzüngige Sage im Stich läßt. Sie deutet endlich, wie mir scheint, bei tieferem Eindringen mit immer zunehmender Klarheit auf die ursprüngliche Einheit der Menschheit und die Wahrheit des biblischen Berichts."

Daß aber nicht etwa bloßer Dilettantismus ihm genügte, sondern daß er den wissenschaftlichen Standpunkt festhielt, zeigt er, wenn er sagt: „Schon lange ist es, daß einzelne Gelehrte ihren Scharfsinn in dem Auffinden von Aehnlichkeiten zwischen den Worten der verschiedenen Sprachen versuchten. Solche Zusammenstellungen auf's Gerathewohl aufgeraffter, miteinander nach

---
*) S. Beilage 2.

vielleicht ganz zufälligem Gleichklange verglichener Worte konnten unmöglich zu einem befriedigenden Resultate führen; erst der neueren Zeit, insbesondere den Forschungen eines Humboldt, Bopp u. A. war es vorbehalten, die vergleichende Sprachkunde auf einen wissenschaftlichen Standpunkt zu erheben, wozu namentlich die erlangte Kenntniß einer großen Anzahl uns bis dahin verschlossener Sprachen das meiste beitrug. Diese ausgebreitetere und gründlichere Sprachkenntniß ließ die Gesetze näher erkennen, nach denen, im Fortgange der Sprachen von Volk zu Volk und von Jahrhundert zu Jahrhundert, die Verminderung der Laute einerseits und Wortbedeutung andererseits erfolgt, und indem hierdurch manche scheinbare Verwandtschaft als blos zufällige Lautähnlichkeit sich darstellt, wurde manche nähere Verwandtschaft aufgefunden, die man auf den ersten Blick nicht ahnen würde. Man lernte nämlich zuerst die Stammsilben des Wortes von ihren grammatischen Vor= und Nachsilben unterscheiden; man erkannte, daß wenigstens in den meisten Sprachen die Vokale mehr beweglicher Natur sind, als die Konsonanten; man ward endlich darauf aufmerksam, daß die Konsonanten derselben Klasse häufig ineinander übergehen, ja daß in gewissen Sprachen gewisse Buchstaben konstant in andere sich verwandeln u. s. w. Auf eine wichtige Erwägung hat übrigens noch das tiefere Sprachstudium geführt. Jede Sprache besteht aus einem doppelten Elemente: 1., dem Wortvorrath zur Bezeichnung der Begriffe (lexikalisches Element); 2., den Mitteln, um die Verhältnisse der Begriffe untereinander auszudrücken (grammatisches Element), und es wendet die Sprache hierzu folgende Mittel an: a. Veränderung des Wortes durch innere Umgestaltung und Anhäufung von Vor- und Nach=Silben; b. Einschiebung von Worten, welche keinen selbständigen Sinn haben (Partikeln); c. Stellung des Wortes im Satze."

Es würde zu weit führen, hier die nun folgenden Beweise jener Behauptungen mitzutheilen und namentlich auch den gelehrten Nachweis der innigen Verwandtschaft der Indogermanischen

Sprachen vorzuführen, dem er noch ein Wort über Buchstaben- und Schriftsysteme beifügt, woraus er den Schluß zieht, daß die Erfindung der Schrift weit jünger ist, als die Entstehung der Sprachen, und dann mit den Worten schließt: „Die Schrift ist Menschenwerk, die Sprache eine Gabe Gottes." Schon aus diesen Bruchstücken dürfte sich aber ergeben, daß wir es mit einer wissenschaftlichen Abhandlung, nicht mit bloßer Dilettanten-Arbeit zu thun haben.

Bis an sein Lebensende hat übrigens der König diesem Sprachstudium sein lebhaftes Interesse bewahrt und fast jede darauf bezügliche litterarische Erscheinung sorgfältig studirt; wie denn überhaupt die Liebe zu den Klassikern der römischen und griechischen Welt ihn bis zum Grabe begleitet hat. Mitten in seiner schweren Krankheit ließ er sich von Zeit zu Zeit aus dem Homer, namentlich den 14. und 15. Gesang der Odyssee, vorlesen und citirte oft aus den verschiedenen Gesängen ganze Stellen in der Ursprache.

Bei dieser Gelegenheit wiederholte er auch seine stets festgehaltene Ansicht: „daß die Homerischen Gesänge — man möge aus sogenannten gelehrten Gründen sagen was man wolle — einem Einzigen ihren Ursprung verdanken müßten; die Dichtung scheine zu einheitlich auch in der poetischen Auffassung, als daß man das Gegentheil für richtig halten könne. Man müsse sich nur — das Ganze fest im Auge habend — den Eindruck recht vergegenwärtigen, um zu fühlen, daß etwas Einheitliches durch die ganzen Gesänge gehe". Es hatte in der That etwas Rührendes, wie er sich freute, wenn er einen das Gleiche Empfindenden vor sich sah. Daß der König die deutschen Klassiker nicht vernachlässigte, versteht sich bei einem so wissenschaftlich strebenden Manne von echt deutscher Gesinnung von selbst; nur beiläufig mag hier bemerkt werden, daß er zwar einige Werke Goethe's — namentlich den Faust und Hermann und Dorothea — bewunderte, daß er aber Schiller wirklich liebte.

Mit wenig Worten nur komme ich auf den Lieblingsdichter

des Königs — Dante; denn es ist über die Verdienste des Königs um Dante von Sachkundigen so viel Treffliches geschrieben worden, daß ich als Laie mich scheuen möchte, etwas hinzuzufügen; nicht Deutschland, nicht Italien, — die ganze gebildete Welt hat es erkannt, daß die Arbeiten des Königs jenen großen Dichter erst zugänglich und genießbar gemacht haben. Als der König zum erstenmal 1821—1822 in Italien war und da Gelegenheit gehabt und genommen hatte, die italienische Sprache gründlich zu studiren, und dann, soviel bekannt, hauptsächlich durch Graf Baudissin, Carus und Förster angeregt, mit italienischen Dichtern sich vertraut zu machen, gewann er bald die Ueberzeugung, daß Dante der Vater der italienischen Poesie und der Regenerator der reinen italienischen Sprache, und daß es daher ganz unerläßlich sei, sich mit ihm ganz vertraut zu machen, eine Ansicht, in der ihn Förster, bekanntlich ein feiner Kopf und ausgezeichneter Kenner der italienischen Litteratur, bestärkte. Und was fand er nun in Dante's großartigem Dichterwerk? Eben das, was auch ihm, dem König, das Höchste war: den Ausdruck einer hohen und gediegenen Sittlichkeit, die sich auf politischem, wie auf kirchlichem Gebiete zeigt; den Ausdruck des echten Patriotismus, im Gegensatz zu einem kleinlichen Partikularismus; den tiefreligiösen, echt katholischen Christen, im Gegensatz zu engherzigen Anschauungen; und nachdem nun der König eingedrungen war in die wundervolle Dichtung, angefeuert noch durch die vielfachen Schwierigkeiten und Dunkelheiten, die bei einem gründlichen Studium zu überwinden waren, namentlich durch die oft zweifelhafte Frage: wo ist Wirklichkeit, wo ist Allegorie? u. s. w., da reifte in dem König der Entschluß, sich selbst an die Arbeit zu machen und, wennauch unter sorgsamer Benutzung des Vorhandenen, doch seinen eigenen Weg zu gehen bei der Interpretation, wie bei der Uebertragung. Es galt nun vor allen Dingen, dazu sich gehörig vorzubereiten; und da erstaunt man, wenn man den Apparat überblickt, den sich der König in seiner großen Gewissenhaftigkeit zusammengestellt hat, um überall auf den Grund

zu gehen und entweder die ihm beigegangenen Zweifel wirklich
zu lösen, oder unumwunden einzugestehen, daß sie ihm unlösbar
erschienen seien. Die Königliche öffentliche Bibliothek in Dresden
besitzt in diesen Vorarbeiten und dem Uebersetzungs=Manuskript
einen großen Schatz. Hier und in den Briefen Gelehrter und
Freunde über die Arbeit ist für den künftigen Biographen eine
reiche Fundgrube. Trotz dieser bis ins Kleinste gehenden Vor=
studien und trotz des sorgfältigsten Lesens der Kirchenväter, der
Klassiker, der einschlagenden naturwissenschaftlichen Schriften hat
der König doch den Sinn für die hohe Poesie seines Dante
nicht verloren; die in der ganzen gebildeten Welt bekannte Ueber=
setzung zeugt davon, welchen hohen Werth er der poetischen und
kulturhistorischen Bedeutung beilegt und wie klar er die Reinheit
der Sprache Dante's erkannte.

Es ist nicht meine Aufgabe über diese wahrhaft königliche
Arbeit zu urtheilen; aber erfreulich ist es, zu sagen: daß der
König auch hier in Folge der Reinheit und Bescheidenheit seines
Wesens sich nie Genüge geleistet und daher nicht aufgehört hat,
die bessernde Hand anzulegen und all' die zahllosen Kritiken,
Bemerkungen, neuen Ausgaben und Uebersetzungen, die ihm aus
Deutschland, Italien u. s. w. zukamen, gewissenhaft zu benutzen;
ja noch während seiner Krankheit bemühte er sich, eine ihm zugegan=
gene holländische Uebersetzung des Dante zu lesen, und freute sich
des glücklichen Erfolges seiner Anstrengung. Nach langem Wider=
streben entschloß er sich endlich, an eine neue Dante=Ausgabe, die
schon längst gewünscht worden, ernstlich Hand anzulegen. Die Be=
arbeitung derselben fiel mit in das verhängnißvolle Jahr 1866; allein
er fand dennoch Muße, nicht nur die zum Theil sehr wesentliche
Umgestaltung der älteren Ausgabe zu vollenden, sondern auch selbst
die Korrektur der Druckbogen der neuen Ausgabe in drei starken
Oktavbänden zu überwachen. Es war dies freilich nur bei solchem
geregelten und gewissenhaften Fleiß und bei solcher Vertrautheit
mit allen Einzelheiten des Werkes möglich. Wie tief sich der
„Dante" dem Gedächtniß des Königs eingeprägt hatte, davon zeugt

der Umstand, daß er, als er einst ein paar Hefte der handschriftlichen Dante-Uebersetzung bei einem Aufenthalte in Sansfouci verloren hatte, sie dadurch sofort ergänzte, daß er, — das italienische Original in der Hand — seinem Bibliothekar die Uebersetzung aus dem Gedächtniß fast in ununterbrochener Geläufigkeit diktirte; auch einzelne im Kommentar zu Dante fehlende Citate aus dem umfänglichen Werke des Thomas von Aquino „Summa Theologiae" aus dem Gedächtniß zu ergänzen im Stande war. Aufrichtig freute er sich über das Gedeihen der unter seinem Protektorat stehenden „Deutschen Dantegesellschaft", welche durch eine Rede Carl Witte's 1865 eröffnet ward, und studirte eifrig die interessanten Aufsätze, welche die Jahrbücher der Gesellschaft enthalten.

Daß Dante's Poesie nach den verschiedensten Richtungen hin auch die Künstler anregte, ihren Stoff für Handzeichnungen und Gemälde zu entnehmen, war natürlich; und durch das Streben ausgezeichneter Künstler, dem geistvollen Uebersetzer und Kommentator des Dante eine Aufmerksamkeit zu erweisen und den Dank dafür auszudrücken, daß er ihnen einen großartigen, poetischen Stoff aufgeschlossen hatte, entstand bald eine Sammlung höchst interessanter Bilder und Zeichnungen, die durch die liebenswürdige Theilnahme der Königlichen Familie jährlich so vermehrt und erweitert wurde, daß ein recht eigentliches Dante-Album entstand, auf welches der König mit Recht einen hohen Werth legte, da zum Theil von sehr ausgezeichneten Künstlern Denkmäler der Liebe zu Dante und zum König darin niedergelegt sind, die höchst interessante, geistvolle Illustrationen zu den bedeutendsten Stellen des Dante'schen Gedichtes bilden. So bedeutend und wichtig die Sammlung fast aller Dante betreffenden Schriften ist, die sich in des Königs Bibliothek befindet, und so interessant der Briefwechsel des Königs mit verschiedenen ausgezeichneten Persönlichkeiten über Dante ist: — das eigenthümlichste Werk ist in Verbindung mit dem sogenannten Koch'schen Dante-Album, welches Friedrich Wilhelm IV. dem König verehrte, ohne Zweifel dieses Dante-Album, das eben nur ein solcher Königlicher Dichter anzulegen und mit solchem Erfolg fortzuführen im Stande war.

Manche glückliche Stunde verlebte er im Anschauen solcher Zeichnungen, die ihm natürlich sofort die ganze Situation, der sie entnommen waren, vergegenwärtigten und in ihm die Hoffnung erweckten und ihn darin bestärkten: man werde nach und nach die Schönheit der Dichtung verstehen. Denn — sagte er wohl zuweilen — es gehe dem Paradies des Dante so, wie es Goethe mit dem zweiten Theil des Faust gehe: „Die Meisten haben kein Verständniß dafür und wollen nicht in's Paradies, sondern auf der Erde bleiben."

Bei dem wahren Freundschaftsverhältniß, das sich, so zu sagen, zwischen dem König und Dante gebildet hatte, mußte es natürlich Ersteren tief ergreifen, als er nun bei seinem zweiten Besuch von Italien 1838 auch Faënza und Ravenna berührte. „In ersterer Stadt," — sagt er in seinen Briefen aus Italien, — „forschte ich vergebens nach einer Erinnerung aus Dante's Zeit," — „in Ravenna aber habe ich am Grabe meines Freundes Dante gestanden, ich kann wohl sagen, mit Rührung. Es steht so still an einer Gassenecke der wirklich ziemlich todten Stadt, in der er verbannt starb." Tags darauf besichtigte er genau die Merkwürdigkeiten von Ravenna, die „zu den interessantesten gehören, die man sehen kann. Das ganze Zeitalter des sinkenden Römischen Reiches und des emporsteigenden Christenthums geht Einem dabei auf; in den Kirchen, sämmtlich im Basilikenstyl, aber leider zum Theil innerlich modernisirt, findet man überall heidnische Ueberreste zum christlichen Kirchenschmuck verarbeitet, prächtige Säulen aus den kostbarsten fremden Marmorarten und die in der ersten Christenheit üblichen Symbole der Taube und des guten Hirten allenthalben angebracht. Den herrlichen Pinienwald am Meeresstrand, dessen Dante gedenkt, besuchte ich und bei einer nochmaligen Wanderung zu Dante's Grab schrieb ich meinen Namen nebst folgendem Verse an die Mauer:

>Friede Deiner Asche! Bürger bist Du
>Jetzt, o Dante, einer wahren Stadt.
>Der Verbannung herbes Leid vergißt Du
>In dem Licht, das keinen Schatten hat."

Wenige Tage später schreibt er von Florenz aus, wo er beim Besuche der Bibliotheca Laurentiana eines der ersten Manuskripte des Dante, 22 Jahre nach des Dichters Tode beendigt von der Hand des Geschichtschreibers Philipp Villani, gesehen und dann den Dom besucht hatte: "war es mir doch ein eigenes Gefühl, den Taufstein zu sehen, wo wahrscheinlich Dante getauft worden ist."

Wer so von einem Dichter, wie Dante, begeistert war, mußte wenigstens poetische Anlage haben;*) und in der That hat der König, wenn er auch nie darauf ausgegangen ist, diese Anlage besonders zu kultiviren, nicht blos durch höchst gelungene Gelegenheitsgedichte, die in großer Anzahl unter seinen Papieren sich finden, sondern auch durch einige selbständige Dichtungen Proben seiner poetischen Auffassung und seiner Formen-Gewandtheit gegeben, die auch insofern von hohem Interesse sind, als sich darin sein Innerstes, sein Streben nach Wahrheit, seine Gewissenhaftigkeit, sein edler Sinn überhaupt wiederspiegelt. Seine tragische Oper "Rosamunde" sowie die Oper "Saul, König in Israel" und sein Trauerspiel "Pertinax" enthalten treffliche Stellen: wenn er z. B. sagt:

Nur der wird froh des Lebens, der am Abend
Sich sagen kann: ich hab' den Tag gelebt:
Ein Same ist der Tag für Ewigkeiten,
Nur wer ihn nützet, darf auf Früchte bauen!

Denn damit zeichnete er wirklich sein tägliches Leben, das er stets mit Gebet begann — daher sich in seinem Nachlaß ganze Stöße von selbstgefertigten oder abgeschriebenen Andachten, z. B. wie nachstehende:

"In Demuth trete ich vor Dir hin, Allweiser, Allwissender, Allmächtiger! Wie nichts fühle ich mich vor Dir, mit meinem beschränkten Wissen und Erkennen, mit meiner schwachen Kraft, die so oft das Böse thut, das ich nicht will, und das Gute, das ich will, unterläßt. Und selbst das Wenige, das ich weiß und vollbringe, ist nur ein Werk Deiner Erleuchtung und Deiner

---

*) S. Beilage 3.

Gnade, die in dem Schwachen mächtig ist. Gieb mir, guter Gott, daß ich meinen Verstand Deinen heiligen Offenbarungen, meinen Willen Deinen Geboten unterwerfe. Laß mich erfahren, daß ich nichts bin und nichts habe, als durch Dich und Deinen eingeborenen Sohn Jesus Christus, der uns geworden ist zur Weisheit und Gerechtigkeit. Dieses verleihe mir durch eben diesen Deinen Sohn, der mit lebet und herrschet in Einigkeit des heiligen Geistes, von Ewigkeit zu Ewigkeit! Amen!"
auf einzelne Blätter geschrieben, finden — und dann im eigentlichsten Sinne keine Stunde ungenützt vorübergehen ließ.*) Nur so war es auch möglich, daß er als König und unbeschadet der Regierungsgeschäfte, denen er sich mit seiner ganzen Kraft widmete, noch alle litterarischen Neuigkeiten von einiger Bedeutung durchsah und je nachdem durchlas oder durchstudirte; und wenn er in dem vorgenannten Trauerspiel „Pertinax" dem jungen Christen Saturnin die Worte in den Mund legt:

„Du weißt es, wie, als kaum die ersten Flaumen
Am Kinn mir sproßten, schon der Durst nach Wahrheit
Mein ganzes Herz erfüllt, wie ich hinweg
Vom Kampfspiel mich, vom Trinkgelage zog,
Um, trotz des Spottes meiner Spielgesellen,
Der Philosophen Schriften zu durchblättern,"

so schildert er darin eben sein ganzes Innere, sein Wahrheitsstreben, seinen Ernst, der ihn bei aller Heiterkeit, bei aller Liebe zum Scherz und zum Witz, durch sein ganzes Leben begleitete — eine wahre Dichter-Natur.

Er selbst hat nie besondern Werth auf seine poetischen Arbeiten gelegt — vielleicht zu wenig —, aber von Interesse ist es doch, daß er noch in der neuesten Zeit sich veranlaßt fand, in einer ihm eigentlich ganz fremden Form, der Novellenform, einen Gegenstand zu behandeln, der ihn nach mancher Seite hin interessirte — vom juristischen, psychologischen und religiösen Standpunkte aus.

---

*) S. Beilage 4.

Es verdient diese Novelle,*) welcher er den Titel: „Der Entehrte" gab, hier vielleicht erwähnt zu werden, da sie ihn noch während seiner schweren Krankheit so interessirte, daß er sie sich vorlesen ließ. Anlaß zu dieser erst im Jahre 1872 in Riva entstandenen Novelle hat offenbar die bekannte Duellangelegenheit gegeben, welche vielfach in den Zeitungen besprochen ward und dazu geführt hat, daß einige, dem westphälischen katholischen Adel angehörende preußische Offiziere, die sich zu schlagen weigerten, aus der Armee traten. Offenbar hat der König hierin seine eigenen Gedanken über den Zweikampf, den das Gewissen verbiete, die weltliche Ehre aber fordere, entwickelt; geschöpft aus der Lehre der christlichen Religion, derselben, aus der auch die katholischen Offiziere ihre Ueberzeugung genommen haben mochten. Es gehört der spezielle Inhalt dieser Novelle nicht hierher. Die Komposition ist einfach; aber immerhin interessante, ja ergreifende Momente bietend, liefert die ganze Arbeit einen Beweis des tiefsten sittlichen Gefühls und der hohen Auffassung der Grundsätze der christlichen Religion, so daß Niemand, wie er auch sonst über das Duell denken mag, den hier niedergelegten Ansichten seine Achtung wird versagen können.

Es konnte nicht fehlen, daß seine Dante-Arbeiten und der durch ganz Deutschland, oder vielmehr durch die ganze gelehrte Welt verbreitete Ruf der gründlichen und vielseitigen Gelehrsamkeit des Königs,**) den deßhalb König Friedrich Wilhelm IV. scherzhafter Weise „Professor" nannte, ihn in Korrespondenz mit den bedeutendsten Gelehrten brachte; und wenn die Zeit gekommen sein wird, eine eigentliche und vollständige Biographie des Königs zu schreiben, so wird diese Korrespondenz, in Verbindung mit den eigenen Aufzeichnungen des Königs über sein Leben bis zum Regierungs-Antritt, treffliches Material bieten. Es mag hier nur beiläufig auf die Korrespondenz mit dem bekannten Verfasser der

---

*) S. Beilage 5.
**) S. Beilage 6.

spanischen Litteratur George Ticknor in Boston, dessen gesammte Korrespondenz dem Vernehmen nach in Druck erscheinen und sonach auch mehre zwischen ihm und dem König gewechselte Briefe enthalten wird, mit dem namentlich auch durch die Dante-Arbeiten berühmten Professor Witte, dem Verfasser der Geschichte Rom's Reumont, dem Bearbeiter Dante's Notter in Stuttgart u. s. w. u. s. w. erwähnt werden, welchem letzteren er noch in der allerneuesten Zeit eine Kritik über einen Theil seiner Dante-Arbeiten zugesendet hat.

Noch während seiner Krankheit interessirte ihn besonders Quintana's Leben berühmter Spanier, vom Grafen Baudissin, den der König überhaupt sehr hoch ehrte, übersetzt; und es war staunenswerth, daß er bei dem Gespräche darüber eine Menge Details, von einer früheren Lektüre her, im Gedächtniß hatte, und wie liebenswürdig, mit welcher Heiterkeit — überhaupt ein Grundzug seines Wesens — er sich oft über kleine Vorkommnisse aus der Jugendzeit, an die er sich dabei erinnerte, aussprach.

Wie aber schon im Eingange dieses Vortrages auf die Vielseitigkeit des Königs hingedeutet worden ist, so muß hier, nachdem einige Andeutungen über sein gelehrtes und poetisches Leben gegeben worden sind, auch der pädagogischen Grundsätze gedacht werden, von denen sich der König bei dem Erziehungsgeschäft leiten ließ. Denn auch diese zeugen von der Klarheit seines Geistes und von dem Ernst seiner Lebensanschauungen und dem Streben, auch seinen Sohn zu dem Ziele zu führen, das ihm als das höchste vorschwebte. Es handelt sich hier freilich nicht um bahnbrechende Prinzipien; aber es soll gezeigt werden, wie auch hier die große Gewissenhaftigkeit, die Wahrheit und Klarheit in allen Verhältnissen seines Lebens hervortritt. Es würde zu weit führen, die Unterrichtsmethode näher zu beleuchten, die er bei dem Geschichtsunterricht befolgte, welchen er selbst regelmäßig seinen Töchtern gab und für den er mit größter Sorgfalt besondere Hefte sich ausarbeitete; aber von allgemeinem Interesse dürfte es sein, die Grundsätze kennen zu lernen, nach denen er seinen erstgeborenen

Sohn, unsern jetzigen hochverehrten König Albert, erzogen zu sehen wünschte. Da schrieb denn der Prinz, als er dem Geheimrath von Langenn die Frage vorlegte, ob er sich getraue, als Erzieher einzutreten — 1835:

„Mein Sohn soll — das wird mein ernstliches Bestreben sein — echte, feste positive Religions-Grundsätze, als Offenbarungsgläubiger, haben; bis zu diesem Punkte erfordere ich die Mitwirkung seines künftigen Erziehers, auch wenn er einer anderen Konfession zugethan ist. Mein Knabe soll aber ferner auch, ohne allen Widerwillen gegen fremde Konfessions-Verwandte, ganz und fest seiner Konfession angehören; in dieser Beziehung erwarte ich von der Gewissenhaftigkeit eines Erziehers, daß er nicht nur selbst aller störenden Einwirkung sich enthalte, sondern auch dergleichen Störungen zu verhüten sich bemühen werde.

„Die Stellung des Erziehers, dem Religions-Lehrer gegenüber, denke ich mir ungefähr wie die des Staats zur Kirche, wie das jus circa sacra zum jus in sacra — — In den eigentlichen Religionsunterricht wird er sich zwar jeder Einmischung zu enthalten haben; wenn er aber bemerken sollte, daß dabei etwas vorginge, was dem Zwecke der Erziehung überhaupt Eintrag thun könnte, hätte er solches, da nöthig durch Rücksprache mit mir selbst, zu beseitigen.

„In moralischer Hinsicht sind mir: das Halten auf strenge Sittenreinheit und Erwärmung für alles Gute, Schöne, Tüchtige und Ehrwürdige, nebst Gewöhnung an Selbstbeherrschung jeder Art, die ersten Erfordernisse. In politischer Hinsicht wünsche ich keinen Widerwillen gegen die bestehende Ordnung der Dinge im Vaterlande, aber ebensowenig eine Hingabe an die hohlen Theorieen der Zeit; vielmehr ein Festhalten an den alten guten Grundsätzen, welche die bürgerlichen Einrichtungen an eine höhere Weltordnung anknüpfen.

„Ueberhaupt glaube ich: der Erzieher muß den ganzen Menschen unter Berücksichtigung der Individualität harmonisch zu entwickeln suchen, also den Geist wie den Körper, das Gemüth wie den Verstand.

„Zu den Studien wünsche ich meinen Sohn mit dem größten Ernst angehalten zu sehen, bin aber dabei der Ueberzeugung, daß der Zweck derselben mindestens ebenso sehr die Gewöhnung an Fleiß und Ordnung und die Uebung der geistigen Kräfte, als die Erlernung der Gegenstände selbst ist. Ich würde daher jede Ueberlastung des jugendlichen Geistes mit Lehrstunden, worunter die Gesundheit des Körpers oder die Frische des Geistes leiden könnten, nie für angemessen halten können."

In diesem Sinne hat denn nun auch der Prinz damals die Instruktion für den künftigen Erzieher selbst ausgearbeitet, und es mag gestattet sein, aus derselben nur noch einige Punkte hervorzuheben: „Innige Anhänglichkeit und Ehrfurcht, sowie treuer Gehorsam gegen den Landesherrn und festes Halten an vaterländischen Einrichtungen ist meinem Sohne tief ins Herz einzuprägen.

Ferner: „Bei schicklicher Gelegenheit ist darauf hinzuweisen, daß die meinem Sohne verliehene Stellung ein Geschenk Gottes sei, das ihn umsomehr verbindet, durch Erwerbung der nöthigen Tüchtigkeit und durch treue, keine Opfer scheuende Pflichterfüllung sich desselben würdig zu machen. Regungen des Stolzes ist auf diese Weise und, da nöthig, durch Darstellung der Thorheit desselben entgegenzuwirken. Dabei ist jedoch mein Sohn auch darauf aufmerksam zu machen, daß es eines Fürsten Pflicht sei, die ihm von Gott gegebene Stellung zu behaupten.

„Mein Sohn ist dazu anzuhalten, jedem Stande im Staate gebührende Anerkenntniß zu gewähren, insbesondere dem ehrenwerthen Kriegerstand, der die festeste Stütze der Throne ist, Zuneigung und Aufmerksamkeit zu zeigen."

Unwillkürlich denkt man dabei an die schönen Worte des Königs: „Viel und Herrliches haben weise Fürsten gethan, ohne an eine Verfassung gebunden zu sein. Dennoch ist eine auf geschichtlicher Grundlage und nicht auf leeren Theorieen ruhende Verfassung eine große Wohlthat für ein Volk. Eine bestehende Verfassung muß, sie mag beschaffen sein, wie sie wolle, treu gehalten, aufrichtig ausgeführt und geachtet und die Mängel derselben, wenn deren wirklich vorhanden, nur auf verfassungsmäßigem Wege, ehrlich und nie durch Willkür abgeändert werden;" und freut sich, wenn man in dem Exemplar der Verfassungs-Urkunde, welches der Vater einst seinem Sohne, unserm jetzigen König, gab, die Königlichen Worte eingeschrieben findet: "Halte sie fest gegen Jedermann, denn ein Königlich Wort — das soll man nicht drehen noch deuteln."

Und in der That: das ganze Volk weiß es, mit welcher Treue und Redlichkeit er die Verfassung des Landes gehalten und geschützt, und auch das ganze Deutschland weiß es, wie treu er Alles gehalten, was er versprochen hat; das von ihm am 2. Oktober 1833 ausgesprochene Wort aber: "Ich bin gewöhnt, so viel mir auch an dem Beifall des Volkes gelegen, einem höheren Auge, welches auf meine Ueberzeugung schaut, zu folgen und lieber mein Gewissen zu verwahren, als um die Gunst des Volkes zu buhlen" hat er auch in den schwierigsten Verhältnissen zu seiner Richtschnur genommen.

Daß ein Mann von so allgemeiner humanistischer Durchbildung, von so klarem Blick und erfüllt von dem Streben, dem Lande nützlich zu werden, in hervorragender Weise an der Aus- und Fortbildung der Verfassung und an der Gesetzgebung schon als Mitglied der ersten Kammer Theil genommen, ist ebenso erklärlich, als allgemein bekannt. Welcher Sachse kennt denn nicht seine epochemachenden Arbeiten in der Kriminalgesetzgebung; seine Reden über Gewissensfreiheit (bei Gelegenheit der Frage über die Judenemancipation); über Patrimonialgerichtsbarkeit, Ehe u. s. w. u. s. w.; und in keinem Falle würde hier der Ort sein, über diese übrigens schon vielfach gewürdigte Thätigkeit detaillirte Mittheilungen zu machen; und ebenso wenig kann es meine Absicht sein, hier zu schildern, in welcher hervorragenden Weise er als König dann den Regierungs-Geschäften und insonderheit der Gesetzgebung sich widmete; mit welcher Sorgfalt und Gewissenhaftigkeit er jeden Gesetzentwurf prüfte und mit seinen oft auf ganz neue Ideen führenden Bemerkungen begleitete, die er dann ebenso scharfsinnig vertheidigte, als er sie, wenn er sich von der richtigeren Ansicht überzeugte, in liebenswürdiger Weise zurücknahm; oder nachzuweisen, in welcher hohen Achtung der König bei allen Juristen, den praktischen, wie den Theoretikern stand, die am besten durch den bekannten, beim Juristentag ausgebrachten Toast Bluntschli's bezeichnet ward: „Dem Juristen unter den Königen und dem König unter den Juristen!" — aber merkwürdig bleibt es immerhin, wie ein junger Fürst, dessen vorzügliches Streben dahin gegangen war, sich k l a s s i s ch auszubilden, und der sich in dessen Folge hauptsächlich mit dem Alterthume, mit der Geschichte und mit Dante beschäftigt hatte, dahin gelangte, daß er als Jurist und als praktischer Geschäftsmann das leistete, was er geleistet hat! Da steht nun freilich der alte Satz obenan: daß Dem, der auf dem Grunde klassischer Bildung Wissenschaft, also die systematische Erkenntniß der Gegenstände und ihrer Gesetze erlangt hat, der sich daher mit klarem Bewußtsein ihres Werthes und Zieles derselben hingiebt, nicht um der Vielwisserei willen, sondern um die kräftige Entfaltung des Geistes, die Humanität im wahren Sinne des Wortes zu fördern, alles Andere mehr oder weniger gelingt, und daß Wissenschaft und Praxis nicht Gegensätze sind, sondern im engsten Zusammenhange stehen.

Findet sich nun bei solchem wissenschaftlichen Sinn und solchen geistigen Anlagen, wie unser König sie hatte, auch Gelegenheit, mit den gewöhnlichen Lebensverhältnissen sich vertraut zu machen, und finden sich Lehrer, die es verstehen, den wissenschaftlichen Sinn für's praktische Leben nutzbar zu machen, so ist erklärlich, daß unser König auch in dem eigentlichen praktischen Leben so Ausgezeichnetes leistete.

Danach ist es in hohem Grade interessant, daß der Antrieb zu dieser praktischen Ausbildung ganz allein von ihm selbst ausging, ja, daß er auf diesem Wege mehr Hindernisse fand, als Förderung; und wenn einmal künftig der Verfasser einer eingehenden Biographie dem Briefwechsel seine Aufmerksamkeit widmen und ihn benutzen wird, welcher bezüglich des Eintrittes des

Prinzen in die Verwaltungsgeschäfte des damaligen Finanz-Kollegiums zwischen dem Prinzen und dem Chef des Kollegiums, v. Manteuffel, stattgefunden hat, wird man erst erkennen, wie klar er sich über das, was er anstrebte, war und mit welcher Ausdauer er danach trachtete, eine Stellung zu erlangen, die ihm auch wirklich das gewährte, was ihm vorschwebte. Nur eine Stelle, die das Gesagte bestätigen dürfte, mag hier Platz finden: „Die Absicht bei meiner Anstellung im Finanz-Kollegium war keine andere, als Ausbildung zum praktischen Staatsdienst. Dies hat aber für uns Prinzen seine eigenen Schwierigkeiten; denn erstens können wir nicht stufenweise zu höheren Stellen aufsteigen — dadurch entbehren wir die beste Schule und bleiben den Elementen der Geschäfte, mehr oder weniger, fremd; sodann entgeht uns die so wichtige Welt- und Menschenkenntniß und fehlt uns endlich der richtige Sporn der Verantwortlichkeit u. s. w.", und auf diese Bemerkungen hin suchte er nun eine in mehrfacher Hinsicht exceptionelle Stellung im Finanz-Kollegium sich zu gründen; was ihm nach langen Verhandlungen auch gelang.

Wie er aber später, und nachdem er selbst so ganz unerwartet auf den Thron berufen worden, die Uebung in praktischen Geschäften, seine Erfahrungen verwerthet hat, davon legen das deutlichste Zeugniß ab: die vielfachen Reisen, durch welche er über alle Verhältnisse des Landes durch den Augenschein sich Kenntniß zu verschaffen bestrebt war. In der Zeit von 1855 bis mit dem Jahre 1872 hat er sechszehn Rundreisen durch einzelne Theile des Landes gemacht, lediglich zu dem Zweck, sich von den vorhandenen Bildungs- und Wohlthätigkeits-Anstalten, gewerblichen Etablissements, Kranken- und Rettungshäusern, insonderheit auch von den Schulen aller Art aus eigener Anschauung ein deutliches Bild zu verschaffen und sich selbst die Wahrheit des von ihm stets festgehaltenen Satzes über die Zusammengehörigkeit der Theorie und der Praxis zu vergegenwärtigen.

Wie er bei dem mehrmaligen Besuch der Universität — die Mehrzahl der hier Versammelten ist dessen noch eingedenk —

immer die Wissenschaft vor Augen hatte und nur davon sich überzeugen wollte, wie sie von dem Einzelnen aufgefaßt werde, mit welchem Interesse die Jugend den Lehrern folge, und was etwa zur Förderung des wissenschaftlichen Geistes oder des Wohlbefindens der Lehrer und Schüler noch geschehen könne, so hatte er auch bei dem Besuche der einzelnen Landestheile immer die Frage in Gedanken: „was ist für die Bildung des Volkes, für den Wohlstand des Ortes und der Gegend geschehen und was ist noch zu thun?" und suchte sich nun diese Frage durch eingehende Besichtigungen der Anstalten, der Fabriken, der Schulen, durch stundenlanges Anhören des Unterrichts oder der Vorträge und durch Rücksprache mit den Betheiligten in's klare Licht zu bringen, oder die Beantwortung derselben noch von weiterer Erwägung abhängig zu machen.

Deßhalb ließ er auch über alles Bemerkenswerthe und Interessante, was er auf einer solchen Reise wahrgenommen, ein möglichst vollständiges Journal führen, das ihm jedesmal am Morgen vor dem Beginn einer neuen Exkursion vorgelesen werden mußte, und da war es in hohem Grade interessant, wie er es verstand, sich die Eindrücke des Gesehenen und Gehörten, der Personen und der einschlagenden Verhältnisse lebendig zu vergegenwärtigen.

Wie unendlich viele Lehrer, oft auch der kleinsten Schule, die in ihrem einsamen und bescheidenen Leben nicht daran hatten denken mögen, einst Angesichts ihres Königs eine Lektion halten zu müssen; wie viele Fabrikanten und sonstige industrielle Unternehmer; wie viele weltliche und geistliche Beamte werden sich noch der eingehenden Unterhaltung, des prüfenden Blicks, der ermuthigenden Worte entsinnen, mit denen der König sie ansprach, welche Furcht und Angst, in die des Königs Gegenwart sie versetzte, zu verscheuchen und doch jedes Zuviel abzuhalten wußte!

Das war die Frucht seiner humanen Durchbildung, seiner Milde, seines Talents — aber auch seiner durch die schon in der Jugend begonnene Theilnahme an den Geschäften erlangten Sach-

und Menschenkenntniß; er hatte eben das erreicht und sich, so zu sagen, erarbeitet, was er bei seinem Eintritt in das Finanz-Kollegium, wie oben angedeutet worden, so dringend gewünscht und als für einen Prinzen so schwer erreichbar bezeichnet hatte. Die körperlichen und geistigen Anstrengungen solcher Reisen wurden aber auch reichlich ausgeglichen durch den Jubel, der ihn empfing, und die dankbaren Freudenthränen, mit denen Die ihn weggehen sahen, denen er Anerkennung gezollt, Muth, auch in der Sorge auszuharren im Vertrauen auf Gott, zugesprochen und die Hoffnung auf baldiges Wiedersehen gegeben hatte.

Noch in später Zeit erinnerte er sich oft und gern an seine Thätigkeit im Finanz-Kollegium, und auf die Aufbewahrung seines Briefwechsels mit v. Manteuffel u. s. w. legte er besondern Werth; wie denn überhaupt das Gefühl der Dankbarkeit bei ihm stets lebendig sich erhalten hat.

Noch in seiner letzten Krankheit gedachte er mit großer Wärme seines juristischen Lehrers, des ehemaligen Hofraths Dr. Stübel, „der ihm viel gelehrt, aber," was er weit höher anschlug, „viel Anregung gegeben habe;" und meinte in den Gesichtszügen seines Enkels, der einige Zeit als Privatsekretär ihm treulich diente, das freundliche Bild seines einstigen Lehrers wiederzufinden. Und wie er oft im Gespräch der Namen Derer, die ihm als Erzieher oder Lehrer einzelner Fächer nahe gestanden, mit Dank gedachte, so nahm er auch in den letzten Tagen seines Lebens, obwohl zu einer Zeit, zu welcher er noch nach Monaten rechnen zu dürfen glaubte, in rührender, sein ganzes Wohlwollen in sich fassender Weise Abschied von seiner nächsten Umgebung, dankend ihnen für ihre Treue die Hand reichend; und selbst seinem Lieblingshunde Rappo gegenüber, den er stets um sich hatte und der auch während der Krankheit des Königs nicht leicht von dem Bette wich, äußerte er lächelnd: „nun werde ich wohl eher sterben als du". Es wird dies nur angeführt, um zu zeigen, wie sein ganzes Herz von Wohlwollen erfüllt war, und wie sich auch bei dem vielfach geprüften Herrn eine gewisse Heiterkeit, eine poetische Naivetät erhalten hatte, die seinem ganzen Wesen jenen unwiderstehlichen Ausdruck verlieh, der seine Freunde begeisterte und selbst seine Gegner gewann.

Daß ein Mann von solchem Geist und solchem Gemüth auch lebendiges Interesse für Natur und Kunst haben mußte, versteht sich von selbst. Für die Schönheit der Natur, zumal für die Erhabenheit der Gebirgswelt hatte der König einen überaus empfänglichen Sinn, darin, wenn auch nicht in so umfassender Weise, seinem verewigten Bruder ähnlich.

In der erst kürzlich erschienenen kleinen Schrift: „Les Barons de Forell" wird mehrfach der Aeußerungen gedacht, aus denen die Sehnsucht des Prinzen, „einmal das schöne Land der Berge und der Freiheit wiedersehen zu können", hervorgeht, und die Schilderung der Naturschönheiten in seinen Briefen aus Italien zeigen deutlich, wie eine schöne Natur ihn aufheiterte und wie innig und gern er sich des Gesehenen erinnerte. Mit wahrer Freude gedenke ich noch einer im letztvergangenen Jahre von Ems aus unternommenen Spazierfahrt nach dem reizenden Schloß Stolzenfels, wo der König in Erinnerung an die schönen Tage, welche er dort verlebt hatte, seiner Umgebung mit großer Lebendigkeit nicht nur die Herrlichkeit der Umgegend schilderte, sondern auch jeden Platz in Schloß und Garten, wo er gelesen, gearbeitet, sich unterhalten und der bezaubernden Aussicht gefreut hatte, zeigte; und wie leidend war er doch schon damals, wenn auch zuweilen noch sein schönes mildes Auge wie ehedem freundlich die Welt und die Menschen anschaute! Aber nicht blos für die Natur, auch für die Kunst hatte er ein lebendiges Interesse, richtigen Blick und klares Urtheil. Selbst in der Musik, mit der er sich am wenigsten beschäftigte, zeigte er mindestens ein feines, richtiges Gefühl, wenn er auch nicht vermochte, es künstlerisch zu begründen. Entschieden zuwider war ihm auch hier das Virtuosenthum; wogegen er für ernste Musik, insbesondere Kirchenmusik viel Interesse zeigte und auch in der Erinnerung noch des tiefen Eindruckes gedachte, den das Spiel Mendelssohn's auf ihn gemacht, „der Geist und Herz mit seinen Fingern, wie mit seinem glänzenden Auge beim Spiele, ergriffen und gerührt habe."

Seiner ganzen Art nach liebte er nicht die Exklamationen wirklicher oder sogenannter Kunstverständiger beim Anschauen von Kunstwerken, sondern das stille Beschauen und Insichaufnehmen; und damit stimmen auch die Aeußerungen überein, die man in seinen italienischen Briefen über einzelne Gegenstände findet, z. B. über die Kreuzabnahme von R. Marconi: „ich mußte dreimal darauf zurückkommen und bin mit Schmerzen von ihm geschieden!" Oder wenn er beim Anschauen der Magdalena von Tizian sagt: „so tief und rein hat wohl Niemand den Schmerz und die Reue dargestellt". Oder, wenn er einen Vergleich zwischen Triest und Venedig anstellend sagt: „Triest ist Gegenwart ohne Erinnerung; in Venedig, das seinem unvermeidlichen Verfall entgegengeht, ist Erinnerung und Verfall." Oder, wenn er bei einem Besuche der Villa Ludovisi eine Gruppe schildert: einen barbarischen Häuptling darstellend, der, von den Römern besiegt, seine Frau getödtet hat und dann sich selbst den Dolch in die Brust stößt:

„Schon dieser Gegenstand hat für mich das hohe, tragische Interesse, welches mir alle die Männer einflößen, welche im Kampfe gegen das allzermalmende Rom unterlagen. Kräftig und unerschrocken tritt er hervor, noch ungeschwächt durch die frische Wunde, mit dem Ausdruck, der zu sagen scheint: Ich bin dennoch frei!"

Oder endlich, wenn er nach Betrachtung der Ludovisi'schen Juno sagt: „es ist eine bloße Büste, aber der Idee der Gattin des Zeus entsprechend. Es ist viel Hoheit und doch Schönheit in dem Kopf, so daß man denken kann, wie ungeachtet der vielen Liebschaften, nur diese dem Vater der Götter und Menschen als Gattin recht war." Es läßt sich aus jenen Briefen, denen ein künftiger Biograph die größte Aufmerksamkeit wird zuzuwenden haben, noch eine Menge geistvoller Auffassungen, besonders auch über den Eindruck anführen, den Rom mit seinen gewaltigen Erinnerungen auf ihn machte; allein ich habe mich hier zu beschränken und nur noch mitzutheilen, was er selbst mit wenigen Worten über den Eindruck sagt, den Italien bezüglich der Kunst auf ihn gemacht: „Hier," sagt er, „in Italien, besonders auch in Florenz, tritt mir überall die Kunst, mit dem Leben verwebt, das Leben schmückend und erhebend, nicht in Kunstsammlungen gebannt, entgegen." Gemälde religiösen Inhaltes, oder Kunstgegenstände, die Verbindung hatten mit dem klassischen Alterthume, oder Denkmäler der Vorzeit, in denen er mit Recht gleichsam eine lebendige Geschichte erblickte, erregten offenbar in ihm das lebendigste Interesse.

Es ist bekannt, wie er lange Jahre hindurch der Leiter des seit 1824 bestehenden Sächsischen Alterthums-Vereins war; wie man ihn gewissermaßen als Mitbegründer des Nürnberger National-Museums betrachten muß, wenn man den Bericht über die Versammlung Deutscher Geschichts- und Alterthumsforscher vom 16—19. August 1852 und seine dabei gehaltenen Reden*) liest, und wie er als Regent keine Gelegenheit vorüberließ, diese Vereine durch Wort und That zu unterstützen, für Konservirung der Alterthümer zu sorgen und die Kunst zu fördern; die Berufung ausgezeichneter Männer, die Herstellung guter Ateliers, die Beförderung aller Einrichtungen, die dazu mittelbar oder unmittelbar dienten, den Künstlern Beschäftigung zu geben, sind davon Zeuge. Er führte treu das aus, was er schon als Mitglied der ersten Kammer 1834 ausgesprochen hatte: „Es ist ein allgemeiner Erfahrungssatz, daß die Kunst blüht, wo sie benutzt und beschäftigt wird; das zeigt das Beispiel Bayerns, der Rheingegend und selbst der Erfolg des Sächsischen Kunstvereins. Deßhalb will auch ich die Künste in Sachsen beschäftigt wissen und zwar auch bei größeren, öffentlichen Werken" u. s. w., und man

---

*) S. Beilage 7.

kann wohl sagen, daß er noch den Erfolg seiner beßfallsigen Be=
strebungen erlebt hat.

Doch ich würde fürchten müssen, Ihre Geduld zu mißbrauchen,
wollte ich in solchen und ähnlichen Mittheilungen fortfahren,
wenn sie auch vielleicht geeignet sein könnten, das liebenswürdige
Bild des Königs zu vervollständigen, das jeder von uns in seinem
Herzen trägt.

Wie sein ganzes Wesen erfüllt war von echter Frömmigkeit
und von dem edelsten Streben nach Wahrheit in allen Dingen,
wie sich seine Treue und sein strenges Rechtsgefühl auch in den
schwersten Zeiten bewährt hat, so zeigt sich dies auch im Kleinsten;
daher litt er z. B. niemals den Ankauf von Nachdrucken und er=
laubte einem Photographen, der von den prachtvollen Original=
Kompositionen zu Dante's göttlicher Komödie Nachbildungen zu
machen wünschte, dies nur unter der ausdrücklichen Bedingung,
daß — obwohl er, der König, Eigenthümer war — für jede
Nachbildung von dem Autor des betreffenden Kunstblattes die
Bewilligung zuvor eingeholt würde.

Es kann nicht meine Absicht sein, meine hochgeehrten Herren,
Ihnen hier die letzten Wochen, Tage und Stunden des theuren
Entschlafenen zu schildern; sie enthalten viel Erhebendes und
Wehmüthiges, und wenn man sich erinnert, daß er, dem nahen
Tod bei vollem Bewußtsein in's Auge schauend, von seiner nächsten
Umgebung Abschied genommen, sich nach empfangener letzter
Oelung die Stelle aus dem Briefe des Jakobus, auf die man
das Sakrament der letzten Oelung stützt, später verschiedene
lateinische Kirchen=Hymnen, namentlich das „Stabat Mater" und
„Dies irae" vorlesen ließ, und die mit Mühe vollbrachte Unter=
zeichnung eines Dekrets, durch welches ein Arzt, der ihm besonders
während der furchtbaren Nächte tröstend durch Vorlesen u. dgl.
beigestanden hatte, zum Hofrath ernannt ward, sein unbegrenztes
Wohlwollen, sowie die mit zitternder Hand beeilte Vollziehung
zweier für die versammelten Stände bestimmten Dekrete seine
Sorge für's Land bezeugt hatte, so liegt schon in diesen wenigen

Andeutungen das Bild einer edlen Seele, die mit Dank gegen Gott und Wohlwollen gegen die Menschen sich vom Irdischen losreißt.

Mit den poetischen Worten, mit denen einst der Verewigte das Exemplar der Divina Commedia schmückte, welches er seinem Sohne, unserm erhabenen König, übergab, möchte ich schließen:

„Wenn meine letzte Stunde längst geschlagen,
Und dann Dein Blick auf meine Gabe fällt,
Gedenke, daß, was diese Blätter tragen,
Gar manche Lebensstunde mir erhellt.

Du wirst zum Mann, zum Fürsten Du erblühen,
Dem Ziel nachringend, das ein Gott Dir weist,
O möge dann bei Lockungen und Mühen
Dein Geist sich kräftigen an Dante's Geist.

Daß bei des Schlechten Anblick heiß entlod're
In heiliger Entrüstung Dein Gemüth,
Den Lohn, der ihm gebührt, dem Edlen fod're,
Wenn es Dein Blick von Neid getreten sieht;

Daß Wille Dir und Thatkraft nimmer lasse,
Was Du als gut, was Du als recht erkannt,
Ob auch die Lust Dich lockt, die Welt Dich hasse,
Nie feig dem Werk entziehend Deine Hand;

Daß sich Dein Herz, wie hoch es immer schlage,
In Demuth beuge vor des Höchsten Macht,
Und fromme Sehnsucht Dich zum Himmel trage:
Zur Klarheit ringend aus der Erdennacht;

Daß truglos in der Kirche heil'gem Dome
Dir leuchte stets der Offenbarung Licht,
Und in der Weltgeschichte ew'gem Strome
Verkündiget Dir sei das Weltgericht;

Denn aus des Paradieses Regionen
Reicht rettend uns der Edlen Schaar die Hand,
Zeigt Erdenpilgern die errung'nen Kronen
Und führt sie siegreich ein in's beff're Land."

Möge Gottes Segen unsern theuren König Albert, von dem wir wissen, daß er mit jugendlicher Frische die Bahnen seines verewigten Vaters wandelt und mit sicherm Feldherrnblick den Ernst der Zeit und die Schwierigkeit des Regentenberufs überschaut, begleiten bis an's Ende seiner Tage!

Beilagen.

1.

Beredtes Zeugniß von der hohen Achtung des Königs vor der „lieben Universität" geben die nachfolgenden Worte, welche er als Prinz bei Gelegenheit der Uebergabe des Leipziger Augusteums an die Universität am 3. August 1836 an die Festversammlung gerichtet hat, und die — auch schon um der großen Pietät willen, die in ihnen gegen den ehrwürdigen Oheim, Friedrich August den Gerechten, sich ausspricht — hier in Erinnerung gebracht zu werden, wohl verdienen:

„Beauftragt in dem Namen der zur Errichtung des Augusteums niedergesetzten Kommission, das Gebäude, welches uns gegenwärtig umschließt, der Hochschule Leipzigs, deren Zwecke es gewidmet ist, zu übergeben, glaube ich mich verpflichtet, in dieser feierlichen Stunde mit wenigen Worten an die doppelte Bedeutung des schön vollendeten Werkes zu erinnern; denn einem Januskopfe gleich deutet es einer Seits auf die Vergangenheit hin, gehört es anderer Seits der fernsten Zukunft des Vaterlandes an.

Schon die Aufschrift über seinem Thore, schon der Name Augusteum mahnt uns an den verewigten Fürsten, der über ein halbes Jahrhundert segensreich über Sachsens Gauen herrschte, mahnt uns an die Feier des heutigen Tages, die selbst in der Zeit der bittern Trennung aller äußeren Hemmungen ohnerachtet in jedem Orte des Vaterlandes mit gerührtem Herzen begangen wurde. Und welcher Sachse könnte unbewegt bleiben beim Anblicke der Bildsäule des unvergeßlichen Friedrich August's, die in diesen Hallen aufgestellt ist, wie sie bereinst auf erhöhter Stelle in der Hauptstadt des Landes aus dauerhaftem Stoffe prangen soll, ein Denkmal der Liebe und Dankbarkeit seiner Getreuen. Hier wie dort werden einst das Bild des ehrwürdigen Fürsten die Sinnbilder jener Tugenden umgeben, die sein Leben mit himmlischem Glanze schmückten, der Gerechtigkeit, der Milde, der Frömmigkeit und der Weisheit. Denn war Er es nicht, dem schon die Mitwelt den seltenen Zunamen des Gerechten gab, weil Gerechtigkeit der Leitstern seines Handelns, die unerschütterliche Grundlage seiner Politik war! War er es nicht, dessen milde Hand schon in den ersten Regierungsjahren die blutigen Spuren der Vorzeit vertilgte und ein schöneres Morgenroth der Humanität herbeiführte? der die Wunden des Landes, die ihm ein siebenjähriger Kampf geschlagen hatte, mit väterlicher Sorgfalt heilte und das mühsame Werk mit Gottvertrauen selbst da von neuem begann, als am Abende seines Lebens die Stürme der Zeiten die Weisheit seiner Jugend beinahe vernichtet hatten.

Und was soll ich von jener echten, ungeheuchelten Frömmigkeit sagen, die sein ganzes Leben und Wirken segnend durchdrang, die ihm jene zarte Gewissenhaftigkeit gab, die nur ein tiefgewurzelter christlicher Sinn hervorzurufen und zu bewahren vermag. Sie, die Himmlische, begleitete ihn durch alle Wechselfälle des Lebens und umkränzte sein Haupt in der Stunde schwerer Prüfung mit der Strahlenkrone eines Heiligen.

Und seine Regentenweisheit, war sie es nicht, die unter dem zerstörenden Hauche des Jahrhunderts, unter den bringenden Anforderungen eines übermüthigen Bundesgenossen deutsche Sitte und deutsche Verfassung dem Vaterlande erhielt, auf deren Boden allein die wohlthätige Umgestaltung der neuesten Zeit freudig und sicher gedeihen konnte? Denn nur aus den noch lebendigen Wurzeln der Vergangenheit kann die Zukunft kräftig erblühen. Wehe dem Volke, das mit seiner Vorzeit gebrochen hat; es hat auch keine Nachwelt zu erwarten.

Und so komme ich denn wie von selbst zu der zweiten eben dieser Zukunft angehörigen Bedeutung des schönen Werkes, zu der Bestimmung, die ihm sein edler Stifter, als einem Heiligthume der Wissenschaft, als einer Pflanzschule künftiger Geschlechter, gegeben hat.

Hier soll der angehende Verkündiger des göttlichen Wortes in seine Geheimnisse eingeweiht werden, der künftige Ausleger des Gesetzes in den tiefen Sinn desselben eindringen lernen; hier soll der künftige Pfleger der leidenden Menschheit mit der Erfahrung der Jahrhunderte ausgerüstet werden. Aber auch um sein selbst willen wird hier das heilige Licht der Wissenschaft erhalten uud gepflegt werden. Hier werden sich dem Forscher im Reiche der Natur die Geheimnisse des göttlichen Willens, dem Forscher in den Hallen der Geschichte die dunkeln Räume der Vorzeit eröffnen. Hier wird sie, die Wissenschaft der Wissenschaften, von Klarheit zu Klarheit emporringen und streben in die Regionen des ewigen Lichts.

Doch Er, der Gründer dieser herrlichen Stiftung — Anton der Gütige — weilt auch nicht mehr unter den Lebenden; die Wohnungen der Seligen haben ihn aufs Neue vereint mit dem vorausgegangenen Bruder, dessen Andenken ihm stets heilig und unvergeßlich war.

So möge denn das verklärte Brüderpaar segnend auf diese Stunde herabblicken; damit von dieser Stätte nur fortan Wahrheit, Frömmigkeit, Pflichttreue und Anhänglichkeit an König und Vaterland auf das Volk, das sie Beide beherrschten, in reichen Strömen sich ergieße; ja auch noch über Sachsens Grenze hin fort und fort von hier aus das Licht der Wissenschaft seine Strahlen verbreite und dies kleine Land, wie früher, so auch künftig, ein Glanzpunkt verbleibe in der Entwicklungsgeschichte des menschlichen Geschlechts.

Mit dieser frohen Hoffnung übergebe ich das Augusteum in die Hände der Leipziger Universität.

(Abgedr. in F. Ch. A. Hasse's Schrift „Das Augusteum und dessen Uebergabe an die Universität Leipzig 1836. S. 39—41.)

2.

Ueber vergleichende Sprachkunde und die enge Verbindung der Indogermanischen Sprachen untereinander.
1842.

Sowie überhaupt der wunderbare Bau der Sprache, dieser Blüthe aus dem Stamme der Menschheit, ein anziehender Gegenstand des Studiums ist, so insbesondere die Verwandtschaft der verschiedenen Sprachen untereinander. Sie läßt uns einen Blick in das innere Treiben des Menschengeistes in verschiedenen Zeiten und Ländern thun und wirft oft ein Licht auf Perioden der Geschichte unseres Geschlechts, wo uns jede urkundliche Quelle, ja selbst die vielzüngige Sage im Stiche läßt. Sie deutet endlich, wie mir scheint, bei tieferem Eindringen mit immer zunehmender Klarheit auf die ursprüngliche Einheit der Menschheit und die Wahrheit des biblischen Berichtes.

Schon lange her ist es darum, daß einzelne Gelehrte ihren Scharfsinn in dem Auffinden von Aehnlichkeiten zwischen den Worten der verschiedenen Sprachen versuchten. Solche Zusammenstellungen auf's Gerathewohl aufgeraffter, miteinander nach vielleicht ganz zufälligem Gleichklange verglichener Worte konnte unmöglich zu einem befriedigenden Resultate führen. Erst der neueren Zeit, insbesondere den Forschungen eines Humboldt, Bopp und Anderer mehr war es vorbehalten, die vergleichende Sprach=

kunde auf einen wissenschaftlichen Standpunkt zu erheben, wozu namentlich die erlangte Kenntniß einer großen Anzahl uns bis dahin ganz verschlossener Sprachen das Meiste beitrug.

Diese ausgebreitetere und gründlichere Sprachkenntniß ließ die Gesetze näher erkennen, nach denen im Fortgange der Sprachen von Volk zu Volk und von Jahrhundert zu Jahrhundert die Verminderung der Laute einerseits und der Wortbedeutung andererseits erfolgt, und, indem hierdurch manche scheinbare Verwandtschaft als blos zufällige Lautähnlichkeit sich darstellte, ward manche wahre Verwandtschaft aufgefunden, die man auf den ersten Blick nicht ahnen würde. Man lernte nämlich zuerst die Stammsilben des Wortes von ihren grammatischen Vor- und Nach-Silben scheiden; man erkannte, daß, wenigstens in den meisten Sprachen, die Vokale mehr beweglicher Natur sind als die Konsonanten; man ward endlich darauf aufmerksam, daß die Konsonanten derselben Klasse (z. B. die Kehllaute k, g, h, die Lippenlaute b, p, f) häufig ineinander übergehen, ja daß in gewissen Sprachen gewisse Buchstaben konstant in andere sich verwandeln. So wird das w in den Romanischen Sprachen häufig in g verwandelt, z. B. Vascons in Gascons, Walther in Gauthier; so steht im Böhmischen überall h, wo im Polnischen g steht, z. B. poln. gród = böhm. hrad, das Schloß, — poln. gora = böhm. hora, der Berg. Nächstdem zeigen auch die in verschiedenen Sprachen nachzuweisenden Mittelglieder, daß scheinbar ganz verschieden lautende Worte doch eines und desselben Ursprungs sind. Wer würde z. B. zwischen dem Sanskritworte aham und dem Englischen J nach dem bloßen Klange eine Verwandtschaft ahnen, und doch wird eine solche außer allem Zweifel gesetzt, wenn man die Reihenfolge von aham ego, goth. ik und J verfolgt. Eine gleiche Bewandtniß hat es mit Verminderung der Wortbedeutung.

Auf eine wichtige Erwägung hat übrigens noch das tiefere Sprachstudium geführt. Jede Sprache besteht aus einem doppelten Element, 1) dem Wortvorrathe, zu Bezeichnung der Begriffe (lexikalisches Element), 2) den Mitteln, deren sich die Sprache bedient, um die Verhältnisse der Begriffe untereinander auszudrücken (grammatisches Element). Zu diesem Zwecke wenden die Sprachen folgende drei Mittel an: a) die Veränderung des Wortes durch innere Umgestaltung oder Anhäufung von Vor- und Nach-Silben (Abbeugung); b) die Einschiebung von Worten welche keinen selbständigen Sinn haben (Partikeln); c) die Stellung des Wortes im Satze.

Wie nun keine Sprache eines dieser Mittel ausschließlich gebraucht, so waltet doch bald das eine, bald das andere mehr vor. Das Chinesische z. B. soll durch Partikeln und hauptsächlich durch die Stellung der Worte ohne alle Abbeugung den Zweck erreichen. In den Sprachen der Südsee scheint die Partikelbildung vorzuwalten, indeß bei den Indogermanischen Sprachen, namentlich bei der ältesten unter ihnen, dem Sanskrit, bei dem Griechischen und Lateinischen die Wortveränderung vorwaltet. So wie man nun jene beiden Elemente gleichsam mit Stoff und Form der Sprache vergleichen kann, so könnte man sie auch gewissermaßen das Feste und Flüssige oder das bewegliche und unbewegliche Element derselben nennen. Fremde Worte nimmt nämlich ein Volk, das mit einem andern in Berührung kommt, mit der größten Leichtigkeit auf; es pflegt sie aber dann auf seine Weise umzuformen und unter seine grammatischen Gesetze zu beugen. Daß aber eine Sprache fremde grammatische Elemente aufgenommen habe, davon ist mir in der That kein Beispiel bekannt. Hat doch selbst das mit französischen Worten so reich dotirte Englische in den wenigen ihm verbliebenen grammatischen Formen lediglich das Deutsche Element und hiermit den germanischen Charakter der Sprache, und des Volkes beibehalten. Hierdurch dürfte sich für die vergleichende Sprachkunde der wichtige Satz ergeben, daß es bei Prüfung der Verwandtschaft der Sprachen weniger auf die Aehnlichkeit der Worte als des grammatischen Elementes ankommt.

Diese Wahrnehmungen haben bereits zu mancherlei wichtigen Resultaten geführt. Ein weites Feld bleibt indessen noch unangebaut, über das uns erst die Zukunft nähere Aufschlüsse verspricht. Eine Thatsache scheint mir jedoch bis zur Evidenz durch die bisherigen Forschungen ans Licht gestellt zu sein: es ist dies die innige Verwandtschaft der verschiedenen Sprachen des Indogermanischen Sprachstammes untereinander. Diese Behauptung auf eine möglichst kurze und einleuchtende Art meinen Zuhörern zu beweisen, ist der Zweck des gegenwärtigen Vortrags. Ehe ich aber in diese Deduktion eingehe, wird es nöthig sein, einige einleitende Worte vorauszuschicken.

Ein Sprachstamm ist ein Komplex von Sprachen, von denen man anzunehmen berechtigt ist, daß sie alle von einer Ursprache abstammen, also untereinander gleichsam in auf- und absteigender oder in der Seitenlinie in näherem oder entfernterem Grade verwandt sind. Man könnte von solch' einem Sprachstamme ein vollkommenes Geschlechtsregister entwerfen, welches indessen noch immer manche Lücken darbieten würde — wie der Stammbaum vieler edlen Geschlechter. Zuweilen ist die Abstammung einer Sprache von der andern schon historisch nachzuweisen, wie z. B. die der Romanischen Sprachen aus dem Latein, obgleich der Moment der Entstehung der Sprache selbst, wie manche andere geheimnißvolle Metamorphose in der Natur, sich den Blicken des Forschers zu entziehen scheint. Oefters jedoch muß man aus der Natur der Sprachen selbst auf die Art ihrer Verwandtschaft schließen. Sprachen, welche gleichsam nur Seitenverwandte untereinander sind, werden stets gewisse wesentliche Elemente gemein haben, in anderen aber voneinander abweichen. Eine Sprache aber, in welcher alle diese Elemente sich vereint finden, wird gewiß mit gutem Grunde als die gemeinschaftliche Mutter derselben angesehen werden können. Der Indogermanische oder besser Indoeuropäische Sprachstamm umfaßt einige Asiatische und sämmtliche Europäische Sprachen mit Ausnahme des Baskischen, Türkischen, Ungarischen und, soviel ich weiß, der Finnischen Sprachen. Unter den Sprachen Asiens gehören ihm vorzüglich die beiden merkwürdigen heiligen Sprachen der Inder und Perser, das Sanskrit und Zend, die Sprachen des Zendavesta und Mahabharata an. Nach Bopp's Meinung stehen sie untereinander in dem Verhältnisse von Schwestersprachen und sind verschiedene Kinder eines alten verloren gegangenen Idioms. Außerdem werden noch einige Töchter des Sanskrit, als das Prakrit und Hindostani, hierher gerechnet, von denen ich jedoch, sowie von dem Zend, keine weitere Notiz nehmen kann, da ich hier in ein mir gänzlich unbekanntes Gebiet gerathen würde.

Die Europäischen Sprachen zerfallen in fünf große Sprachfamilien, die jede wieder aus mehren untereinander in verschiedener Weise verwandten Sprachen bestehen, und zwar in

1) die Griechische Sprache (Alt- und Neugriechisch);
2) die Romanische Sprache (das Latein mit seinen Töchtern Italienisch, Französisch, Spanisch, Portugiesisch, Wallachisch u. s. w.);
3) die Germanischen Sprachen (das Gothische, Alt- und Mittelhochdeutsche, Neuhochdeutsche, Niederdeutsche, die Skandinavischen Sprachen und das Englische);
4) die Slavischen Sprachen, mit allen ihren zahlreichen Mundarten und das Litthauische (Lettische);
5) die Celtischen Sprachen, welche nicht weit verbreitete Familie sich nur noch auf die spärlichen Ueberreste im Bas-Breton, Welsh, Hochschottischen und Irischen beschränkt.

Diese Sprachfamilien selbst scheinen nun gleichsam als Spracheinheiten einer höheren Ordnung sämmtlich in dem Verhältnisse der Abstammung zum Sanskrit zu stehen, wobei ich dahin gestellt sein lassen will, ob sie, wie Bopp meint, auch hier und da aus einem ältern Urborn geschöpft haben. Um die Verwandtschaft aller dieser Sprachen untereinander, sowie ihre Abstammung vom Sanskrit darzuthun, sollte ich nun nach Obigem mich zunächst an die Abbeugungen halten. Es würde aber solches ein tieferes Eingehen in die Sprachlehre verlangen, als der Zweck und die Ausdehnung dieses Vortrags gestattet. Auch das Gebiet der eigentlichen Partikeln würde mannigfache Schwierigkeiten darbieten, und es verläßt mich auf demselben mein bester Führer Bopp, dessen vergleichende Grammatik bis jetzt nur bis zum Zeitwort geht. Es giebt jedoch eine Klasse von Worten, die zwischen den eigentlichen Begriffsworten und den Partikeln gleichsam in der Mitte stehen. Es sind dies solche, welche abstrakte Begriffe und reine Formen des Denkens bezeichnen. Dieselben stehen dem grammatischen Elemente um vieles näher, bilden mit demselben den eigentlichen Kern, den unbeweglichen Theil der Sprache und sind gerade in den Indogermanischen Sprachen ganz geeignet, die aufgestellte Behauptung deutlich zu machen. Ich wähle zu diesem Behufe a) das Zeitwort „sein", b) die persönlichen Fürwörter erster und zweiter Person. Fürwörter dritter Person im eigentlichen Sinne bestehen in den ältesten Sprachen, dem Sanskrit, Latein und Griechischen nicht. In den neueren Sprachen entstanden sie aus der Korruption früherer Demonstrativen. Sie sind auch keineswegs ein so natürliches Bedürfniß der Sprache, als die der beiden anderen Personen. Ich und Du bezeichnen einen bestimmten Begriff in dem Momente ihres Gebrauches. Er kann stets jede beliebige Person bezeichnen und daher statt dessen Eduard, Hans, Cajus oder Dieser oder Jener gesetzt werden. c) Die Zahlwörter von 1—10. Ich werde hierbei stets zunächst von dem Deutschen als dem Bekanntesten ausgehen.

A. Das Zeitwort „sein".

Die Konjugation desselben bietet im Deutschen eine dreifache Wurzel dar. Die erste finden wir in den Formen „bin" und „bist". Ihr charakteristisches Zeichen ist der Lippenlaut „b", den wir in der ganzen Konjugation nicht wieder finden. Die zweite, deren Charakter ein „s", bald mit, bald ohne vorhergehendem Vokal ist, finden wir in „ist, sind, seid, sein, sei". Die übrigen Formen „war, gewesen" gehören einer Wurzel an, deren Charakter „ws" oder „wr" zu sein scheint: wobei zu bemerken ist, daß „r" und „s" häufig verwechselt werden, wie schon die Vergleichung von unserem „war" und dem Englischen „was" ergiebt und noch deutlicher aus dem Sanskrit erhellt, wo „s" unter gewissen Verhältnissen konstant in „r" verwandelt wird. Die nämlichen drei Wurzeln finden wir im Englischen be, is und was. In den Slavischen Sprachen dagegen finden wir nur zwei dieser Wurzeln, b und s, und zwar die erstere im Infinitiv býti (Böhmisch), być (Polnisch), im Particip Präteriti byl, dem Konjunktiv bych, dem Futurum budu im (Böhmischen) und będzie (im Polnischen); die letztere in dem Präsens jsem, jsi, jest, jsme, jste, jsau (Böhmisch) und jestem, jesteś, jest, jesteśmy, jesteście, są (Polnisch); wobei im Böhmischen der Vokal der Vorsilbe zu dem unausgesprochenen j verkümmert, im Polnischen in der dritten Person Pluralis ganz in Wegfall gebracht ist. Das nämliche Verhältniß findet in den Romanischen Sprachen statt. Hier erscheint die s=Wurzel in sum, es, est, sumus, estis, sunt, essem, sim, esse, ebenfalls bald mit, bald ohne anlautenden Vokal, — eram, ero, wobei die oben erwähnte Verwandlung von „s" in „r" zu beachten ist. Der b=Form dagegen gehört an fui („je fus"), futurum, indem „f" ein Lippenlaut wie „b" ist und „fu" durch das Böhmische buditi den Uebergang zu den übrigen verwandten Formen findet. Endlich heißt auch im Irischen biu „ich bin". Das Griechische dagegen hat lediglich die Wurzel auf „s" beibehalten und zwar durchaus mit vorgeschobenem Vokale, welcher sogar zuweilen das „s" verschlingt: εἰμί, εἶ, ἐστί, ἐστόν, ἐσμέν, ἐστέ, εἰσί im Präsens, ἦν, ἦσθα im Imperfekt, ἔσομαι u. s. w. im Futur, ὤν, auch ἐών, im Particip. Dagegen finden wir im Sanskrit zwei dieser drei Wurzeln als vollkommen ausgebildete Verba, und zwar as, welches gleichfalls die Unregelmäßigkeit hat, seinen Anfangsvokal bald abzuwerfen, bald beizubehalten; und bhû, welches eigentlich „werden" bedeutet, aber auch als „sein" gebraucht wird. Das Präsens von as möge hier wegen seiner genauen Aehnlichkeit mit der Griechischen und Lateinischen Konjugation, und zwar mit jener im Singular, mit dieser im Plural, einen Platz finden:

Singular: asmi, asi, asti;   Plural: smas, stha(s), santi.
        εἰμί, εἶ, (ἔσσι), ἐστί;   sumus, estis, sunt.

B. Persönliche Fürwörter.
α. Erste Person im Singular.

Auch hier begegnen wir abermals einer doppelten Form: einem Nominative „Ich", der aus einem Kehllaut und einem anlautenden Vokale besteht und in den objektiven Kasus mich und mir. Dieselbe Spaltung zeigt sich im Lateinischen: Nominativ ego, objektive Kasus mei mihi me; im Griechischen Nominativ ἐγώ, objektive Kasus ἐμοί (μοι), ἐμέ (μέ); im Slavischen Nominativ já (Böhmisch), in den objektiven Kasus mne, mě, mau. Das Celtische dagegen hat blos die m-Form beibehalten und sie selbst auf den Nominativ ausgedehnt, denn „ich" heißt in demselben me oder mi. Das Sanskrit enthält nun wieder beide Formen, jedoch hier in derselben Weise wie die Europäischen Sprachen. Der Nominativ heißt nämlich aham und die objektiven Kasus mâm mâ, majâ, mahjam, mama, maji. Diese Doppelform scheint in dem Wesen der menschlichen Natur begründet. Das Selbstbewußtsein erwacht nämlich zuerst in den Eindrücken der Außenwelt auf das Ich. Das „Ich" erscheint uns daher eher als Objekt denn als Subjekt; der Mensch hat eher das Bedürfniß „mich" als „ich" zu sagen. Da nun aber ein Nominativ seiner Natur nach nicht von einem objektiven Kasus hergeleitet werden kann, so mußte derselbe bei der ersten Person fast nothwendig eine besondere Wurzel erhalten. Dabei scheint die Wurzel ah (am ist nur grammatische Endung) vollkommen dem Gefühle des Selbstbewußtseins zu entsprechen, denn sie besteht aus dem reinsten Vokale a und einer tief aus der Brust kommenden Aspiration. Die ältesten Völker betrachteten aber des Menschen Hauch als seine Seele, sein Ich; daher spiritus wie πνεῦμα Hauch und Geist bedeutet. Sehr merkwürdig erscheint es mir hierbei, daß, wie Humboldt in seinem Werke über die Kawisprache anführt, die Sprachen der Südsee drei Partikeln enthalten, mai, adu und atu, die wenigstens im Tongischen (der Sprache der Freundschaftsinseln), ungefähr wie unser „her" und „hin", die

Richtung nach der redenden, angeredeten und dritten Person bezeichnen, so daß in mai, „her" die Richtung nach dem Ich als Objekt ausdrückend, die m=Form der Objektskasus vom Ich, sowie in adu, „hin" nach der angeredeten Person, der Grundlaut der zweiten Person Du, tu ꝛc. sich abspiegelt. Es scheint mir dies einer jener Umstände zu sein, die uns die Aussicht auf eine weitere allgemeine Sprachverwandtschaft öffnen dürften.

β. **Erste Person im Plural.**

Hier begegnen wir abermals schon in unserer Muttersprache einer doppelten Wurzel; im Nominativ „wir", und in den objektiven Kasus Akkusativ und Dativ „uns" (engl. us). Die Romanische Sprachfamilie hat allein jene zweite Wurzel, die ich n=Wurzel nennen will, mit einer kleinen Umstellung in ihrem nos und nobis aufgenommen. Die Slavischen Sprachen bilden den Nominativ Pluralis aus der m=Wurzel des Singularis my, die objektiven Kasus nám, nás, námi dagegen ebenfalls aus der n=Wurzel. Einer verschiedenen Wurzel gehört das Griechische ἡμεῖς, ἡμᾶς, ἡμῖν, ἡμῶν an. Es könnte zwar scheinen, als ob hier eine Verwandtschaft mit der m=Wurzel des Singulars stattfände; die Vergleichung mit dem Sanskrit wird jedoch beweisen, daß μεις μας ꝛc. blos grammatische Endungen sind, und die eigentliche Wurzel in dem Anfangsvokale liegt. Dagegen hat sich die n=Wurzel in den Dual νώ νῷν geflüchtet. Wir haben also hier abermals drei Wurzeln, die w=Wurzel des Germanischen Nominativs, die weitverbreitete n=Wurzel und die vokalische Wurzel. Diese drei Wurzeln finden wir aber wiederum auf das Ueberraschendste im Sanskritpronomen vereinigt. Der Nominativ vajam repräsentirt die w=Wurzel (wir, engl. we). Die übrigen Kasus: Akkus. asmân, Instrum. asmâbhis, Dativ asmabhjam, Ablat. asmat, Genitiv asmâkam, Lokativ asmâsu gehören der Vokalwurzel an; denn es ist die darin herrschende Silbe sma eine allgemeine Form aller Sanskritpronominal=Deklinationen, welche sich auch in der griechischen Endung μεις u. s. w., nur mit Weg=

fall des s, wiederfindet. Die Wurzel liegt also im Vokale a; daß derselbe aber mit dem Griechischen η etymologisch die gleiche Bedeutung habe, erhellt nicht nur aus der beständigen Verwechselung dieser Buchstaben zwischen dem Jonischen und Dorischen Dialekte, sondern noch mehr daraus, daß selbst eine Aeolische Form ἄμμες für ἡμεῖς vorhanden ist. Endlich hat das Sanskrit eine Nebenform nas, die als Akkusativ, Dativ und Genitiv gebraucht wird, und im Dual eine gleiche Nebenform nâu. Daß diese n-Form die Mutter der weit verbreiteten n-Formen ist, liegt am Tage, und es hat gewiß ihre Einfachheit und daher ihre Bequemlichkeit im Gebrauche zu ihrer häufigen und zuletzt ausschließlichen Anwendung geführt.

Merkwürdig ist es, wie auch hier die der ersten Person eigenthümliche Verschiedenheit zwischen dem Nominativ und den objektiven Kasus mindestens im Sanskrit und den Germanischen Sprachen sich wiederholt; jedoch wird sie nicht so konsequent in allen Sprachen durchgeführt, da eben der Begriff „wir" (ich und Andere) nicht mehr so rein aus dem Selbstbewußtsein hervorgeht als der Begriff „Ich". Aus gleichem Grunde ist es ganz natürlich, daß „wir" in beinahe allen Sprachen nicht wie ein Plural aus „Ich" gebildet wird.

γ. Singular der zweiten Person.

Diese hat ohne Ausnahme die Grundform tu, bei welcher nur zuweilen der Vokal zu i geschwächt wird; auch erscheint in mehren Sprachen in einigen Kasus eine kürzere neben einer längeren Form. Gothisch thu (engl. thou) du, thus dir, thuk dich; Böhmisch ty, Akkusativ tebe, ti, Dativ tobĕ, tĕ, Instrumentalis tebau; Lateinisch tu, Genitiv tui, Dativ tibi; Celtisch tu; Sanskritisch tvam, Akkusativ tvâm, tvâ, Instrumentalis tvajâ, Dativ tubhjam oder tê, Ablativ tvat, Genitiv tava oder tê, Lokativ tvaji.

Einige Schwierigkeiten scheint das Griechische σύ σοῦ σοί σέ darzubieten, jedoch sie sind nur scheinbar; denn υ ist oft der

Stellvertreter des Lateinischen u, wie δύο = duo beweist, und s wird unter den Griechischen Dialekten oft mit t verwechselt, wie in allen Worten, die auf σσα endigen, z. B. γλῶσσα und γλῶττα, θάλασσα und θάλαττα, ja es findet sich auch zum Ueberflusse beim Homer eine alte Dativform τοί für σοί in häufigem Gebrauche.

δ. **Plural der zweiten Person.**

Hier muß man, um die Bedeutung des Neudeutschen „ihr" und „euch" zu erfassen, auf die stammverwandten Sprachen übergehen. Sowie nämlich „euch" im Mittelhochdeutschen „iu" heißt, so heißt auch „ihr" im Gothischen „jus", welcher Klang sich auch im Englischen wiederfindet. Der Grundlaut des Germanischen Pronomens scheint daher „ju" zu sein. Dagegen gehört das Lateinische vos, vobis und das Böhmische vý, vám, vás, vámi einer anderen Wurzel an. Das Griechische ὑμεῖς, ὑμῖν, ὑμῶν, ὑμᾶς ist wieder der ju-Form verwandt, indem die Endung μεις u. s. w., abermals aus dem erwähnten sma stammend, der Abbeugung angehört, während ein zwischen i und u stehender Laut die Stelle von „ju" vertritt. Das Sanskrit endlich zeigt abermals beide Wurzeln, in den längeren Formen „jûjam, jushmân, jushmâbbis, jushmabhjam, jushmat, jushmâkam, jushmâsu die ju-Wurzel und in der kürzern Form vas und in vâm des Dualis die w-Wurzel.

C. **Die Zahlwörter von 1 bis 10.**

Die Aehnlichkeit des Deutschen Eins und Lateinischen unus ist wohl nicht zu verkennen. Dagegen weicht das Sanskritische êka hier von den übrigen ab. Merkwürdig aber ist es, daß die Ordnungszahl der Einheit fast in allen Indogermanischen Sprachen mit der Kardinalzahl nichts gemein hat. Sie heißt Sanskritisch prathama, Griechisch πρῶτος, Lateinisch primus, Böhmisch prwy (Polnisch piérwszy), alles Worte, die untereinander verwandt sind und von der Präposition „vor" pro herzukommen, also „der Vorderste" zu bedeuten scheinen. Auch gehört das Englische first, welches in dem Deutschen „Fürst" wieder zu erkennen ist, ganz der eben erwähnten Wortreihe an.

Die Verwandtschaft von dvâu im Sanskritischen, δύο im Griechischen, duo im Lateinischen, „zwei" im Deutschen sowohl als vom Sanskritischen tri trajas, Griechischen τρεῖς, Lateinischen tres, Böhmischen tři und Deutschen „drei" ist nicht zu verkennen. Von diesen beiden Zahlwörtern finden sich übrigens die deutlichsten Spuren in den Malayischen Sprachen und bis an die Inseln der Südsee. So heißt „zwei" Malayisch dua, in der Sprache der Bugis duva, Tahitisch und Hawaiisch dua rua und lua, wobei zu bemerken ist, daß d, l und r in diesen Sprachen konstant miteinander vertauscht werden. Drei heißt Javanisch telo, Neuseeländisch todu, Tongisch tolu und Hawaiisch kolu, wo der Haupttypus t, r (welches letztere auch in anderen Sprachen mit l verwechselt wird) unverkennbar sein dürfte; die Verwechselung von t mit k ist dem Hawaiischen eigenthümlich. Das Sanskritwort tschatvaras (4), welches mehre Kasus aus der Form tschatur bildet, ist offenbar wie die Wurzel des Griechischen τέσσαρες, τέτταρες, so des Lateinischen quatuor und des Böhmischen čtiři; unser Deutsches „vier", Englisches four dagegen scheint nur eine Verkürzung dieser Formen zu sein.

Bei der Zahl Fünf scheint zwar zwischen dem Sanskritischen pantschan und dem Lateinischen quinque keine Aehnlichkeit zu sein, verfolgt man aber die Stufenreihe von pantschan über πέντε im Griechischen, pięć im Polnischen und „fünf" im Deutschen zu quinque, so wird man kaum an der Verwandtschaft zweifeln können.

Die Aehnlichkeit von shash im Sanskrit und dem Böhmischen šest, dem Deutschen „sechs", dem Lateinischen sex, dem Griechischen ἕξ, sowie vom Sanskritischen saptan, Lateinischen septem, Griechischen ἑπτά, Deutschen „sieben", Böhmischen sedm; vom Sanskritischen ashtan, Deutschen „acht", Lateinischen octo, Griechischen ὀκτώ, Böhmischen osm fällt sofort in die Augen. Bei der

Zahl „neun" sind das Sanskritische navan, das Lateinische novem, das Deutsche „neun" unleugbar gleicher Abkunft, sowie, wenn auch die Verwandtschaft entfernter scheint, des Griechischen ἐννέα; dagegen weicht das Böhmische devĕt (Polnisch dziewięć) hier gänzlich ab. Bei der Zehn endlich ist abermals die Identität vom Sanskritischen daçan, Lateinischen decem, Griechischen δέκα, Böhmischen deset und dem Deutschen „zehn" über alle Zweifel erhaben.

Die Zahlwörter höherer Ordnung dagegen haben in den sämmtlichen Indogermanischen Sprachen keine Aehnlichkeit, nur das Sanskritwort çata hundert, ist noch mit dem Slavischen sto verwandt. Man könnte hierauf die Hypothese gründen, daß die Scheidung der Malayischen Völker von den Indogermanischen in eine Zeit fallen müsse, wo der Mensch noch nicht höher als „drei" gezählt oder mindestens von da wieder zu zählen angefangen habe, und in der That sollen sich bei mehren Völkern der Südsee Spuren eines Quaternar-Zahlensystems finden. Dagegen müßte die Scheidung der Indogermanischen Völker erst nach Begründung des Decimalsystemes eingetreten sein. Daß übrigens die höheren Zahlreihen bei den verschiedenen Völkern auf verschiedene Weise, wahrscheinlich nach gewissen gewählten Gegenständen, entstanden sind, scheint sehr natürlich.

Ist nun aus alle dem meinen Zuhörern die innige Verwandtschaft der Indogermanischen Sprachen deutlich geworden, so erlaube ich mir noch ein Wort über ihre Buchstaben und Schriftsysteme, von welchen nicht dasselbe gilt. Zwar sind die Schriften der eigentlich Europäischen Sprachen von sehr ähnlicher Beschaffenheit, doch scheinen uns dieselben von den Semitischen Völkern zugekommen zu sein, nur daß wir von der Linken zur Rechten, diese aber von der rechten Hand zur linken schreiben. Die Devanagari-Schrift, mit der das Sanskrit geschrieben wird, geht zwar auch von der linken zur rechten Hand, beruht aber auf einem ganz anderen Buchstabensysteme als unsere Europäischen Schriften. Sie ist eigentlich Silbenschrift, indem jeder Konsonant, wenn

keine besondere Bezeichnung eintritt, den Vokal a bei sich hat
Auch in graphischer Hinsicht dürfte keine Verwandtschaft zu entdecken und die scheinbare Aehnlichkeit zwischen म (Ma) und dem Griechischen μ, प (Pa) und त (Ta) und den gleichlautenden Deutschlateinischen Buchstaben mehr zufällig sein. Auch das Zend hat eine von allen diesen Schriften total verschiedene von der rechten zur linken Hand fließende Schrift. Die Erfindung der Schrift ist daher weit jünger als die Entstehung der Sprachen. Die Schrift ist Menschenwerk, die Sprache — eine Gabe Gottes.

(Handschriftlich.)

3.
Natur und Ideal..

Wie ein Bach sein stilles Wasser schlängelt
    Durch die lenzumblühte Flur,
Wandelt' ich durch's Leben einst, gegängelt
    Sanft von deiner Mutterhand, Natur!

Jenseits der Umgrenzung dieser Auen
    Gab es noch kein Land für mich,
Sehnsuchtslos erging im reinen blauen
    Aether meiner Kindheit Auge sich.

Von der Zukunft braucht' ich nicht zu borgen,
    Was die Gegenwart mir bot.
Auf den Abend folgte still der Morgen,
    Auf den Morgen still das Abendroth.

Ich bedurfte nicht der Hoffnung Träume,
    Nicht Erinn'rung, mild wie Dämmrungslicht:
Denn die Zukunft ruhte noch im Keime
    Und Vergang'nes gab's für mich noch nicht.

Aus den Blumen, die der Au' entblühten,
    Hob sich mir von selber ein Altar,
Und der Unschuld fromme Bitten glühten
    Aufwärts, wie ein Lichtstrom himmelsklar.

Edens Garten stand mir freundlich offen,
  Bis ich kostete von der Erkenntniß Baum,
Da ergriff mich kühnes Götterhoffen,
  Und verschwunden war der gold'ne Traum.

Vorwärts, vorwärts treibt's mich — und die Erde
  Ist zu klein für das, was in mir lebt;
Rückkehr wehrt der Engel mit dem Schwerte,
  Heil ist nur für Den, der vorwärts strebt.

Wo die Berge sich am höchsten schichten,
  Klömme gern mein kühner Fuß empor;
Wo die Völker ihre Händel schlichten,
  Möcht ich steh'n im muth'gen Kämpferchor.

Ruhmsucht führt mich eisern in Gefechte;
  Liebe schlägt mit jedem Puls das Herz.
Freunden reich' ich glühend meine Rechte;
  Durst des Wissens reißt mich himmelwärts.

Und vor Allen naht aus Himmelshöhen
  Eine göttliche Gestalt;.
Paradiesesüfte um sie wehen,
  Wie sie durch die niedern Schatten wallt.

Hoheit thront auf ihren Götterzügen,
  Milde schwebt um ihren Mund;
Wie sie spricht, verstummt der Geist der Lügen,
  Und des Himmels Wahrheit thut sich kund.

Hehres Wesen! das ich bald umfangen,
  Bald anbeten möcht' in Staub gestreckt,
Warum wehrest du dem glühenden Verlangen,
  Da dein Blick stets neuen Drang doch weckt?

4*

Ja! ich seh' es — deine Augen wenden
    Zu den Sternen sich empor,
Eine Krone hältst du in den Händen,
    Schimmernd, wie ein lichtes Meteor.

„Willst du meine Kronen dir erwerben,
    „Mußt du flieh'n der Erde Flitterschein,
„Statt des süßen Bechers reich' ich einen herben,
    „Aber trink' ihn aus, und ich bin dein.

„Suche, Sohn, mich nicht hienieden,
    „Ich gehöre nicht dem Erdenthal,
„Die Belohnung wird dir dort beschieden,
    „Wo zur Wahrheit wird das Ideal!"

(Handschriftlich.)

Gebet eines Greises.

Mein greises Haupt geschmückt mit Silberhaare,
Belastet mit der langen Reihe Jahre,
Senkt sich getrost zu der ersehnten Bahre,
    Bleibst du bei mir, Herr, da der Abend naht.

Des Tages Hitze hab' ich, Herr, getragen;
In heitern, wie in freudeleeren Tagen
Wandt' ich zu dir die Blicke sonder Zagen,
    O bleib' auch jetzt bei mir, der Abend naht.

Du führtest sanft mich durch der Jugend Morgen,
Und vor des schwülen Lebensmittags Sorgen
Hielt deiner Allmacht Schatten mich verborgen,
    O bleib' auch jetzt bei mir, der Abend naht.

Bald — bald, ich fühl' es, wird mein Auge brechen,
Zwar frei bin ich vor blutigen Verbrechen,
Doch frei nicht von des Staubgebornen Schwächen,
    D'rum bleibe, Herr, nun da der Abend naht.

Wie schön sich in den letzten Abendstrahlen
Die Bilder des vergang'nen Lebens malen!
Des Weges Müh' kann solch ein Anblick zahlen,
    Bleibst du bei mir, nun da der Abend naht.

Zwar steh' ich an des Todes dunkeln Schwellen,
Doch schimmern in des Abends Purpurwellen
Die Strahlen, die ein beff'res Sein erhellen,
    Bleibst du bei mir, Herr, da der Abend naht.

Die Gegenstände rings um mich verschwinden,
Und dunkel wird's in diesen niedern Gründen,
Doch Nacht und Tod sind leicht zu überwinden,
    Bleibst du bei mir, Herr, da der Abend naht.

                           (Handschriftlich.)

Die vier Stufenalter
nach vier Zeichnungen von Moritz Retzsch.

O frohe Zeit der ewig heitern Spiele,
Wo sich mit frischem Grün die Welt noch deckt,
Und noch kein Drang voll ahnender Gefühle
Der Liebe süßen Schmerz in uns erweckt.

Ein heit'rer Frühlingsmorgen ist das Leben,
Die Gegenwart ein leichter Frühlingstraum,
Und tausend fröhlich laute Lerchen schweben
Die Seelen auf zum blauen Himmelssaum.

Der Wiesenplan lockt uns zu leichten Scherzen,
Aus frischem Farbenschmelze bunt gewebt,
Und ungestöret bleiben unsre Herzen,
Wenn auch der Kuß auf zarten Wangen bebt.

Des Lebens ganzer Tag steht uns nun offen,
Und jedem Freund erschließet sich die Brust,
Und was wir auch von unsrer Zukunft hoffen,
Es trübet nicht der Gegenwart die Lust.

O schöne Zeit! Du kannst nicht wiederkehren,
Wer dich einmal verlor, hat dich nicht mehr,
Es lohnt die Welt mit Schätzen und mit Ehren,
Doch hohl sind Ehren und die Schätze schwer.

Die Jugend naht, die Sonne steht schon höher,
Der Jüngling jauchzt in seines Lebens Kraft,
Sein Auge funkelt, wie dem trunknen Seher,
Sein Geist fühlt seiner Fesseln sich entrafft.

Die Welt denkt er, die Welt muß mein gehören,
Die Menschen folgen meinem Machtgebot;
Er schafft, zerstört, und schafft, um zu zerstören,
Und Ruhe dünkt ihm zwiefach mehr als Tod.

Den schlecht versehnen Bündel auf dem Rücken
Und leicht geschürzt, wie's einem Wandrer ziemt,
Eilt er hinaus, den Blick um sich zu schicken,
Wohin sein kühner Jünglingsmuth ihn stimmt.

Doch brennen ihn des heißen Mittags Strahlen,
So sinkt er wohl im kühlen Schatten hin,
Und fühlt des ungestillten Durstes Qualen,
Und süße Sehnsucht trübet seinen Sinn.

Da naht sich eine liebliche Gestaltung,
Und reicht dem Müden einen Labetrank;
Ihn rührt der Liebe allmachtsvolle Waltung,
Und Worte nicht, ein Blick nur ist sein Dank.

Wie leicht erscheinen ihm des Lebens Mühen,
Wenn sie zu seinem Pfade sich gesellt!
Wie löset sich in süßen Harmonien
Des kühnen Geistes ordnungslose Welt!

Des Lebens Tag steht nun auf seiner Höhe,
Die weiten Fluren sind zur Ernte weiß;
Doch sanfter schlägt sein Herz in ihrer Nähe,
Und Schatten findet er im stillen Kreis.

So ist verblüht die Zeit des kühnen Strebens,
Am Licht des Tages welkt der Farben Spiel,
Des Wissens Baum ist nicht der Baum des Lebens,
Der Liebe Scherz weicht ernsterem Gefühl.

Doch auch die ernste Wahrheit lohnt die Ihren,
Und wer sie hat, der bleibet gern ihr Kind,
Der Mann fühlt seinen Weg ihn abwärts führen,
Und hüllt sich fester ein vor Herbst und Wind.

Nachdenkend sieht er, wie die Blätter fallen,
Und wie die Sonne sich zum Meere neigt,
Und wie der Vögel Züge heimwärts wallen,
Bis ihn der Heimath Sehnsucht selbst beschleicht.

Die Gegend röthet sich im Abendstrahle,
Ein sanftes Blau wölbt sich am Firmament,
Entgegen winkt ihm aus dem stillen Thale
Ein kleines Haus, das seine Wünsche kennt.

Die Sonne sinkt. Das Alter ist gekommen,
Verdunkelt ist der ird'schen Güter Schein,
Sein Liebstes hat die Erde ihm genommen,
Und schließt es in dem kalten Schooße ein.

Es sendet rings auf die beeisten Fluren
Der Mond allein sein kaltes Licht herab,
Und in den Schnee nur drückt er seine Spuren,
Wenn hin er schleicht zu der Geliebten Grab.

Da knie't er nun — und vor des Windes Wehen
Hüllt ihn ein dichter Mantel sorgsam ein,
Die Eiche selbst sieht er entblättert stehen,
Die einst ihn schützte vor des Mittags Schein.

„Umsonst — umsonst" — ruft er — „sind meine Thränen,
„Sie rufen keinen Todten mir zurück;
„Umsonst ist alles Hoffen, alles Sehnen!"
Doch auf das kleine Kreuz fällt da sein Blick.

„Der Glaube, der durch's Leben mich geleitet,
„Er täuscht mich nicht, er bleibt auch jetzt mir treu,
„Ein schön'rer Frühling ist mir dort bereitet,
„Und Gott spricht: Sieh! ich mache alles neu."

(Handschriftlich.)

Widmung der Danteausgabe.
An König Friedrich Wilhelm IV. von Preußen.

Wenn immer uns in gold'nen trauten Stunden
Des Lebens Bahn, die wechselnde, verbunden,
   Sei's wo des Mittelmeeres Wogen schäumen,
   Sei's an der Alp' in uns'rer Liebe Land,

Sei's an der Elbe sanft gebog'nem Strand,
Sei's in des großen Friedrich's Lieblingsräumen:
Freund Dante war auf jedem unf'rer Schritte,
Wie Schiller sagt, in unf'rem Bund der Dritte.

So biet' ich Dir, was ich ihm nachgesungen,
Vollendet jetzt als Freundschaftsgabe dar.
   Uns hat wie ihn, des Lebens Ernst umrungen,
   Uns ward, wie ihm, des Lebens Täuschung klar;
   Uns ließ, wie ihn, auf lichtdurchwebten Schwingen
   Der Glaube in das Reich der Sterne bringen.

Wenn einst mit seinen Freuden, seinen Sorgen
Des Lebens Tag sich senkt in Todesnacht,
Dann finde neu vereint, wenn er erwacht,
Uns drei der lichte Paradiesesmorgen.

                    (1849. Handschriftlich.)

Sanssouci und Charlottenhof.

Sans Souci! des großen Königs Tritte
Sind in deinen Räumen aufbewahrt,
Frankreichs Pracht wie Frankreichs Witz und Sitte
Hat er hier mit deutschem Ernst gepaart.

Wie er aus des öden Sandes Schollen
Sich Armida's Gärten hier erschuf,
So entstand bei Schlachtendonners Rollen
Auch ein mächtig Reich auf seinen Ruf.

Weite Säle, wo die Prachtlust thronet,
Wo der Blick durch Gold und Marmor irrt,
Sind von üpp'gem Göttervolk bewohnet,
Das der Mode bunter Glanz verziert.

Ist es nicht, als ob er hier noch tönte
Jenes beißenden Jahrhunderts Witz,
Der Giganten gleich zu stürmen wähnte
Eines Höh'ren als des Donn'rers Sitz.

Doch ob Voltaire's Freund, ob auch von drüben
Fränkisch Gift dein deutsches Herz vergällt,
Bist du, Friedrich, deinem Volk geblieben
Doch ein deutscher Fürst in Rath und Feld.

Aber erheiternder öffnet dort unten
Sich dem Beschauer Charlottenhof's Welt,
Grünende Lauben mit Reblaub umwunden
Bieten dem Wandrer ihr schattiges Zelt.

Plätschernde Wässer, die steigen und fallen,
Kühlung verbreitend im feuchten Erguß,
Griechenlands Kunst und italische Hallen
Stimmen die Sinne zu keuscherm Genuß.

Frohsinn, von reinem Bewußtsein, beseelet,
Jubelt zum Himmel den harmlosen Scherz,
Hier fühlt man schlagen, was ewig dort fehlet,
Neben dem Geist ein erwärmendes Herz.

(1840—41. Handschriftlich.)

4.

Bleibt es stets von einem gewissen Interesse, zu erfahren, wie ein bedeutender Mann sein tägliches Leben eingerichtet hat, so muß sich dieses Interesse wesentlich steigern, wenn es gilt, die tägliche Lebensweise eines solchen Mannes, wie des Königs, der als Regent und Gelehrter so Vieles und Großes geleistet hat, näher kennen zu lernen. Man darf daher wohl voraussetzen, daß die nachfolgende Darstellung der gewöhnlichen Tagesordnung des Königs gewiß Vielen willkommen sein wird. Aus dieser Darstellung erhellt, daß es hauptsächlich drei Momente sind, welche das große Maß der Leistungen des Königs erklärlich machen. Erstens war der König den Tag über fast keinen Augenblick unthätig: ja selbst die oft nur kurzen Pausen, die in den Stunden der Vorträge der einzelnen Minister zwischen dem einen und dem anderen Vortrage einzutreten pflegten, wußte er stets mit irgend einer nützlichen Beschäftigung auszufüllen. Zweitens duldete er es nicht, daß von den für den Tag über vorliegenden Arbeiten ein Rest blieb, zu welchem Zwecke er sich gewöhnt hatte, in einer Art Registrande stets eine Uebersicht der für den laufenden Tag bestimmten Arbeiten zur Hand zu haben. Und drittens verstand es der König mit seltnem Ueberblicke, von Dem, was er gelesen oder gehört hatte, das Wesentliche und Hauptsächliche zusammenzufassen, was ihm allerdings nur mit Hilfe seines vortrefflichen Gedächtnisses möglich war, welches das Gelesene und Gehörte mit großer Sicherheit festhielt.

* * *

Die Lebensweise des Königs war im Ganzen genommen eine ebenso geregelte als regelmäßige. Während des Sommeraufenthaltes in Pillnitz stand der König früh 6 Uhr auf und unternahm, nach der Morgenandacht, bei nicht ganz ungünstigem Wetter einen Morgenritt von 1 bis 1½ Stunde oder machte auch eine Promenade zu Fuß ganz allein, jedoch unter steter Begleitung seines schwarzen Pudels Rappo. Gegen 8 Uhr kehrte der König pünktlich zurück und frühstückte dann mit der Königin gemeinschaftlich in deren Gemächern; gegen 9 Uhr kamen regelmäßig Prinz und Prinzessin Georg mit den jungen Herrschaften zu einem kurzen Besuche. Hierauf hörte der König die heilige Messe in der königlichen Kapelle, bei Unwohlsein in der Hauskapelle, begab sich dann auf sein Zimmer und widmete sich, nach Entgegennahme des Tagesrapports, den ganzen Vormittag ohne Unterbrechung den Regierungsgeschäften bis zur Mittagsstunde, wo er mit sehr geringem Zeitaufwande ein leichtes zweites Frühstück genoß und hierauf, wenn es thunlich war, einen kurzen Spaziergang machte, der während des Sommeraufenthaltes in Pillnitz oder auf den Gütern Jahnishausen und Weesenstein meist der Besichtigung der Felder oder der Wirthschaftsräume zugewendet war. Von solchen Exkursionen heimgekehrt, begann der König die Arbeit von Neuem, im Sommer bis 3 Uhr, wo er sich dann zur Tafel begab, die in der Regel nie länger als 1 bis 1½ Stunde dauerte. Nach der Tafel und nachdem der König nur eine sehr kurze Rast gemacht hatte, nahm er wieder irgend eine Arbeit vor bis zur Zeit der Abendpromenade. Abends ½9 Uhr war Soirée mit den Herren und Damen vom Dienst, wobei der König fast regelmäßig eine Partie Boston spielte. Nach der Soirée (½11 Uhr) kam er in sein Arbeitskabinet zurück, um noch eine etwa rückständige Arbeit zu vollenden oder Briefe zu schreiben; um Mitternacht begab sich der König zur Ruhe. Während der Pillnitzer Saison besuchte der König Montags und Donnerstags, von Weesenstein und Jahnishausen aus nur einmal in der Woche, schon frühzeitig die Stadt, um sich im Laufe des Vormittags von den

Ministern Vortrag in Regierungsgeschäften erstatten zu lassen, resp. Vorstellungen u. s. w. anzunehmen. Zu dergleichen Stadtbesuchen zog es der König vor, den Weg zu Pferde zu machen, und benutzte nur bei üblem Wetter, doch sehr ungern, den Wagen. Zur Tafel fuhr der König in der Regel wieder nach Pillnitz. Einmal in der Woche, an einem bestimmten Tage, besuchte der König mit seiner Gemahlin die Königin Marie auf deren Weinberg in Wachwitz zum Thee. Sonntags und Donnerstags waren die Prinzen mit ihren Gemahlinnen zum Familien-Diner bei dem König eingeladen.

Während des Winteraufenthaltes in Dresden erfuhr die Lebensweise des Königs nur insofern einige Veränderung, als er erst früh $3/4 7$ Uhr aufstand, $1/2 8$ Uhr mit der Königin gemeinschaftlich in die Hauskapelle ging, dann mit ihr frühstückte und hierauf zum Rapport u. s. w. auf sein Zimmer kam. Die Beschäftigung des Königs und die Zeiteintheilung blieb im Winter ziemlich dieselbe, auch die Ministervorträge blieben für den Montag und Donnerstag bestimmt, nur daß die Erholungspromenaden zu Fuß, zu Wagen oder zu Pferd auf Nachmittag 2 oder $1/2 3$ Uhr verlegt wurden und die Tafel um 4 Uhr stattfand. Mit den Fuß- oder Wagentouren verband der König nicht selten den Besuch irgend einer Ausstellung, einer Sehenswürdigkeit oder eines Ateliers. In den letzten Lebensjahren des Königs, wo ihm die Aerzte angerathen hatten, sich mehr zu schonen und nicht von der Dinerzeit bis 9 Uhr unausgesetzt zu arbeiten, gönnte er sich einigemal in der Woche Abends von $1/2 8$ Uhr bis 9 Uhr die Erholung, eine Bostonpartie zu spielen. Der Besuch des Theaters von Seiten des Königs gehörte zu den Seltenheiten. Zum Thee und Souper liebte es der König, dann und wann einige Gäste aus der höheren Gesellschaft einzuladen, mit denen er sich auf die zuvorkommendste Weise zu unterhalten pflegte, und wobei er ihnen auch gern seine sehr werthvollen Albums, besonders die Dante-Albums, vorzeigte und erklärte.

Zur Charakteristik des Königs in Betreff seiner unermüdlichen Thätigkeit und Berufstreue mag noch erwähnt werden, daß er, von Hof-Festlichkeiten wennauch spät nach Mitternacht heimkehrend, falls inzwischen dringliche Regierungssachen, besonders Vorlagen des Justiz-Ministeriums in Gnadensachen eingegangen waren, nie eher zu Bett zu gehen pflegte, bevor er nicht diese Geschäfte, soweit es an ihm lag, erledigt hatte. Ueberhaupt bestand die Kunst des Königs darin, daß er keinen Augenblick ohne Beschäftigung vorüberließ, nicht leicht einen Rest duldete, und daß er sich überdies eine ganz besondere Gewandtheit im Lesen von Akten und von Büchern angeeignet hatte.

Als eine besondere Eigenthümlichkeit des Königs ist vielleicht von Interesse noch zu erwähnen, daß er eine außerordentliche Vorliebe für Spazierstöcke hatte. Da man ihm damit nun viel Freude zu machen wußte, so ergriffen die Familien-Mitglieder und selbst auswärtige hohe Anverwandte jede passende Gelegenheit, den König mit solch' einem Geschenk zu überraschen; dadurch war die Zahl der Stöcke zu einer ziemlichen Höhe angewachsen. Der Verstorbene führte darüber ein eigenhändig angefertigtes, in der Mußezeit seiner Masernkrankheit zuerst begonnenes Verzeichniß, worin die Stöcke nach ihrer Beschaffenheit klassificirt waren mit Angabe des Gebers. Bei den Promenaden zu Fuß pflegte der König fast jedesmal einen anderen Stock in Gebrauch zu nehmen.

5.

Es ist sicher ein von Vielen getheilter und ganz gerechtfertigter Wunsch, die Novelle, welche den König in seinen letzten Leidenstagen wiederholt und lebhaft beschäftigt hat, näher kennen zu lernen. Für jetzt ist es aber leider nicht möglich, diese Novelle ihrem Wortlaute nach und vollständig mitzutheilen. Dafür dürfte jedoch in der nachfolgenden Skizze, welche die Tendenz und den Gang der Novelle genau erkennen läßt, ein einstweiliger Ersatz geboten sein. Die Skizze wird genügen, um zu zeigen, daß der Verfasser der Novelle, wenn er auch das Duell aus sittlich-religiösen Gründen verurtheilt, gleichwohl die Unmöglichkeit, das zu Gunsten des Duells nun einmal herrschende und tief eingewurzelte Vorurtheil zu besiegen, anerkennen muß. Trotz dieses Vorurtheils aber, ist des Verfassers Ueberzeugung, dürfe die Ehre Dessen, von dem auf unzweifelhafte Weise sich nachweisen lasse, daß er nicht aus Feigheit oder niedriger Gesinnung, sondern um seiner sittlich-religiösen Anschauung willen das Duell zurückweise, keineswegs als verletzt betrachtet werden, und demzufolge müsse auch der Anerkennung der Ehrenhaftigkeit eines solchen öffentlich Ausdruck zu geben, und könne mithin das Fortdienen desselben in einer Armee nicht als unzulässig anzusehen sein.

* * *

Ein General, der seinen Abschied genommen, kommt mit seinen zwei, in der ersten frischen Jugend stehenden Töchtern Marie und Louise auf sein neu erworbenes Gut, das er sich, um es selbst zu bewirthschaften, zu seinem bleibenden Aufenthalte bestimmt hat. Auf einem Spaziergange über die eigenen Grenzen hinaus lernen der General und die jungen Mädchen den Besitzer des Nachbargutes, Namens Schulz, kennen. Der General erkennt bald in Schulz den tüchtigen Landwirth, der ihm mit Rath und That beizustehen bereit ist. Die jungen Mädchen finden in ihm den liebenswürdigen, feingebildeten jungen Mann, welcher ihnen durch die thatkräftige Menschenliebe, die man ihm in der Umgegend nachrühmt, nur um so interessanter wird. Es entspinnt sich ein liebenswürdiger Verkehr zwischen Schulz und der Familie des Generals, der bald durch die zwischen Schulz und Marie aufkeimende ernste Neigung eine bestimmte Richtung erhält. Auffallend ist bei Schulz eine große Zurückhaltung und ein Zug tiefer Schwermuth. Da kommt ein Neffe des Generals zu einer Jagd auf das Gut seines Onkels und erkennt in Schulz seinen ehemaligen Kameraden, einen adeligen Offizier, der seinen Abschied hat nehmen müssen, weil er sich geweigert, sich mit Dem zu schlagen, den er als den ungetreuen Geliebten seiner Schwester absichtlich beleidigt hat.

Der General bricht den Verkehr sofort ab und wirft Schulz in seinem Absagebriefe vor Allem vor, daß er sich unter einem fremden Namen in sein Haus eingedrängt habe.

Schulz vertheidigt sich durch Darlegung seiner Ueberzeugung von der Unsittlichkeit des Duells, vor Allem im vorliegenden Falle, wo er als bekannt ausgezeichneter Pistolenschütze dem von seiner Schwester noch immer geliebten Manne, einem bekannt schlechten Schützen, nicht mit der Waffe in der Hand habe gegenüber treten wollen, um der treulos verlassenen Schwester nicht noch größeren Kummer zu verursachen. Außerdem sei der Name Schulz der Name seines rechten Vaters, den er geführt habe, bis ihn sein Pflegevater adoptirt, und den er nur wieder angenommen habe, um desto gründlicher beim Verlassen des Dienstes mit seiner Vergangenheit zu brechen.

Aber der Verkehr ist abgebrochen und der General verläßt bald mit seinen Töchtern das Gut, um den Winter in der Stadt zu verleben. Die Liebe zwischen Schulz und Marie erscheint hoffnungslos.

Da führen im zeitigen Frühjahre die schlechten Nachrichten über die drohende Stellung der aufgewiegelten Landbevölkerung den General mit seinen Töchtern auf sein Gut zurück. Das barsche militärische Auftreten des Generals macht die Sache nicht besser, und eines Tages sieht sich dieser in seinem Hofe von einer tobenden Menge schlimmsten Gesindels umgeben. Mit Gewalt hat dasselbe das Hofthor gesprengt, Stimmen werden laut, die dazu aufmuntern, sich an den General selbst zu vergreifen. Dieser steht mit gezogenem Säbel inmitten der aufgeregten Menge, die Angreifer nähern sich, er will den Säbel gebrauchen, man fällt ihm in den Arm; da endlich erscheint als Retter in der Noth Schulz, der erst mit Gewalt dem General Luft schafft, dann durch Geltendmachung seiner Autorität die größte Gefahr beseitigt.

Inzwischen hat das Gesindel ein Wirthschaftsgebäude in Brand gesteckt. Das Feuer greift furchtbar schnell um sich, und mit Entsetzen sieht der General, wie seine Töchter, welche er auf dem Boden desselben Gebäudes vor der wüthenden Menge geborgen und dort eingeschlossen hatte, sich nunmehr in der allergrößten Gefahr des Verbrennens befinden.

Wieder ist es Schulz, der mit Aufopferung seines Lebens zum Retter wird. Er ist nun der größte Wohlthäter des Generals geworden, er hat gezeigt, daß es früher nicht Feigheit gewesen ist, die ihn abhielt, sich zu schlagen, und der „Entehrte" findet in der Achtung des Generals und in der Liebe seiner geliebten Marie volle Entschädigung für das ihm von der Welt angethane Unrecht.

6.

Der ausgebreitete Ruf von der Gelehrsamkeit des Königs und seine Kenntniß auf dem Gebiete der praktischen Wissenschaften ist Veranlassung geworden, daß man von Seiten vieler gelehrten Gesellschaften und verwandten Vereine sich darum beworben hat, Ihn zu ihrem Mitgliede zählen zu dürfen.

Die erste Gesellschaft, welche den König, damaligen Prinzen, am 13. November 1827 zu ihrem ordentlichen Mitgliede ernannt hat, ist die Oekonomische Gesellschaft im Königreiche Sachsen zu Dresden. Mehre Jahre später, am 17. März 1835, erwählte Ihn, als "doctrina et amore litterarum inclytum" die Königlich Schwedische Akademie der Wissenschaften (Regia Academia litterarum humaniorum, historiarum et antiquitatum) zu Stockholm zum auswärtigen Ehrenmitgliede. Noch in demselben Jahre, sowie im Jahre darauf erhielt Er die Diplome eines Ehrenmitgliedes des Gewerbevereins zu Zittau am 20. August 1835, des Voigtländischen Alterthumsforschenden Vereins zu Hohenleuben am 27. Januar 1836 und des Thüringisch-Sächsischen Vereins für Erforschung des vaterländischen Alterthums und Erhaltung seiner Denkmale zu Halle am 1. März 1836. Im Laufe des Jahres 1836 übernahm Er auch als Präsident die alleinige Leitung des Königl. Sächs. Vereins für Erforschung und Erhaltung vaterländischer Alterthümer zu Dresden, welchem er bereits seit dessen Begründung im Jahre 1825 in Gemeinschaft mit seinem Bruder Friedrich August als oberster Direktor vorgestanden hatte, und dessen Protektorat Er dann im Jahre 1854 bei seiner Thronbesteigung übernommen und bis zum Tode behalten hat. Außerdem nahm noch im Jahre 1836 am 3. August, bei Gelegenheit der Einweihung des Augusteums in Leipzig, die dortige Juristenfakultät der Universität Veranlassung, Ihn, als „augustissimae gentis Albertinae decus splendidissimum juris et aequitatis defensorem sollertissimum sapientissimum dissertissimum", zum „Doctor juris utriusque" zu ernennen. Am 22. August 1837 überreichte Ihm die Deutsche Gesellschaft zur Erforschung vaterländischer Sprache und Alterthümer zu Leipzig das Diplom eines Ehrenmitgliedes. Die von Ihm im darauf folgenden Jahre 1838 nach Italien unternommene Reise gab zweien dortigen Akademien Gelegenheit, Ihn zu ihrem Mitgliede zu wählen. Die eine derselben, die berühmte Sprachakademie (Imperiale Reale Accademia della Crusca) in Florenz — welcher der Papst Clemens XII. Corsini, die vier Großherzöge Cosmus III., Johann Gasto v. Medici, Leopold I. und Leopold II., ferner der Herzog v. Parma, Anton Farnese, der Doge von Venedig Marco Foscarini, sowie der Doge von Genua Agostino Lomellini nebst einer großen Anzahl von Kardinälen und litterarischen Celebritäten hauptsächlich Italiens als Mitglieder angehört haben — ernannte Ihn am 17. April zum korrespondirenden Mitgliede, während Ihn die andere, die alte bereits 1690 gestiftete Akademie der Arkadischen Schäfer zu Rom unter dem Namen „Filodante Elèo", wie es im Diplome heißt, „per l'amor suo verso Dante e per la luce che sopra la generosa nazione teutonica si spande dai chiari versi del divino Poeta, da Lui si felicemente traslatati nel nativo sermone" ihren ordentlichen Mitgliedern zugesellte. Ferner wurde Er im April 1841 von der Kaiserlich Russischen Universität zu Kasan „honoris causa" zum Mitgliede ernannt, sowie noch im nämlichen Jahre am 4. December von der Königl. Asiatischen Gesellschaft von Großbritannien und Irland (Royal Asiatic Society) zu London zum Ehrenmitgliede; die Gesellschaft betrachtete diese Ernennung „as an acknowledgement of His Royal Hihness's Encouragement of Oriental Literature." Im Laufe der 1840er Jahre wurde Er ferner noch von vier anderen Gesellschaften und Vereinen zum Ehrenmitgliede gewählt, nämlich am 4. Februar 1842 vom Kunst- und Gewerbeverein zu Leipzig, am 1. Juli 1842 von der neuerrichteten Königl. Sächsischen Gesellschaft der Wissenschaften zu Leipzig (deren Protektorat Er bei seiner Thronbesteigung im Jahre 1854 übernommen hat), am 7. Oktober 1847 von der Königl. Nordischen Alterthumsgesellschaft (Kongelige Nordiske Oldskrift Selskab) zu Kopenhagen und am 10. Februar 1849 von dem Landwirthschaftlichen Vereine zu Kesselsdorf. Zwei weitere Ernennungen brachte das Jahr 1852, einestheils von der im Königreiche Böhmen bestehenden Sophien-Akademie zur Emporbringung des klassischen Gesanges und der Musik zu Prag, welche Ihn „aus Rücksicht der bewährten Liebe zur Kunst und den schönen Wissenschaften, sowie der vielseitigen rühmlichen Verdienste, die den Prinzen nicht nur auszeichnen, sondern Ihm auch einen so schönen und edlen Ruf bereits erworben haben", am 20. Juni zum Ehrenmitgliede und Gönner, anderentheils von der Königl. Bayerischen Gesellschaft der Wissenschaften zu München, am 28. November, „ob praeclaram doctrinam et insignia de literis italicis merita," ebenfalls zum Ehrenmitgliede. In dem zum Diplome der letzteren Gesellschaft gehörigen besonderen Schreiben hatte sich der Präsident Professor Friedrich Thiersch dahin ausgesprochen, „die Akademie sei der Ueberzeugung, daß, indem sie den Prinzen durch die Wahl zum Ehrenmitgliede mit sich in Verbindung zu setzen Gelegenheit nehme, sie nur eine Pflicht erfülle, die ihr von des Prinzen wissenschaftlicher Bildung und ebenso thätigen als erfolgreichen Bemühungen um Litteratur und Kunst auferlegt sei: die Akademie habe besonders mit voller Zustimmung und Bewunderung Kenntniß von den Erläuterungen genommen, welche die Divina Commedia dem Prinzen verdanke, und die ebenso von einem umfassenden und gründlichen Studium der Litteratur und der philosophischen Werke des Mittelalters, wie von einem hohen und umfassenden

Geiste unvergängliches Zeugniß geben." Bei der am 16. bis 19. August 1852 zu Dresden abgehaltenen Versammlung Deutscher Geschichts- und Alterthumsforscher leitete Er als Präsident die Verhandlungen. Im Jahre 1853 folgten drei neue Ernennungen zum Ehrenmitgliede, und zwar am 3. Mai des Vereins zur Erforschung Rheinischer Geschichte und Alterthümer zu Mainz, ferner der Königl. Litteraturgesellschaft (Royal Society of Literature) zu London, die Ihn „in consideration of various eminent services rendered to Literature" zu den Ihrigen zu zählen wünschte, sowie der Société Française pour la conservation des monuments historiques zu Paris. Am 11. Februar 1854 wurde Er von Seiten des Gewerbevereins zu Dresden zum Ehrenmitgliede, und drei Jahre später 1857 von Seiten der Königl. Portugiesischen Akademie der Wissenschaften zu Lissabon ebenfalls, „propter ingenii doctrinaeque praestantiam", zum Ehrenmitgliede gewählt. Im Jahre 1858 nahm Ihn die Société Impériale zoologique d'acclimatation zu Paris unter ihre Mitglieder auf. Am 5. Januar 1861 ernannte Ihn, als „l'un des Puissants Chefs de cette noble Nation Allemande, si remarquable par son aptitude à créer, rechercher et comprendre les inventions utiles et intéressantes dans les Sciences, les Arts et l'Industrie", die Académie internationale des Sciences zu Paris zum Grand Maitre. Im September 1865 übernahm Er auf Bitten der eben neu begründeten Deutschen Dantegesellschaft deren Protektorat. Im Januar 1869 ehrte Ihn der König Wilhelm I. von Preußen durch die Ernennung zum stimmfähigen Ritter der Friedensklasse des Ordens pour le mérite (für Wissenschaften und Künste). Der Kanzler dieser Ordensklasse, Leopold v. Ranke, nahm dabei Gelegenheit, in einem besonderen Schreiben vom 28. Januar „Ihm für die hohe Ehre zu danken, welche Er den Ordensrittern durch Annahme der auf Ihn mit großer Majorität gefallenen Wahl erwiesen habe. Außer der Anerkennung unschätzbarer litterarischer Leistungen, welche für die Nation von größtem Werthe seien, wolle Er in der Wahl zugleich eine Huldigung der aus den Kreisen der Wissenschaft und der Kunst erlesenen Mitglieder des Ordens für den Schutz und die Förderung sehen, welche Er in dem Lande alter Kultur und Durchbildung, das unter Seinem Scepter stehe, sowohl der Wissenschaft als der Kunst aus regstem Interesse ununterbrochen angedeihen lasse. Der Kanzler fühle sich ganz besonders glücklich darüber zu hören, daß die Wahl Ihm Freude gemacht habe." Die drei letzten Ernennungen fallen ebenfalls noch in das Jahr 1869, nämlich zum Ehrenmitglied des Vereins für Kunst und Alterthum in Ulm und Oberschwaben und der Accademia Florimontana degl' Invogliati zu Monteleone, sowie zum Ehrenpräsidenten der Academia Allaborantium Tropaeana.

7.

Aus der am 16. Juli 1850 bei Gelegenheit der 25jährigen Stiftungsfeier des Sächs. Alterthumsvereines gehaltenen Festrede.

Der Eine Zweck unseres Vereins ist die Erhaltung der vaterländischen Alterthümer und dieser Zweck ist gewiß schon in wissenschaftlicher Hinsicht ein sehr wichtiger. Die Zeit vernichtet mit unerbittlicher Hand Tag für Tag eine Menge Denkmäler der Zeitgeschichte aus der nächsten und entfernteren Vergangenheit, so daß es zu Erhaltung dieser reichen Materialien für die Geschichtsforschung jedenfalls ein bringendes Bedürfniß ist, dieser Zerstörung einen Damm entgegen zu stellen.

Aber auch für das Gemüthsleben eines Volkes ist die Erhaltung der Denkmäler seiner Vorzeit von Wichtigkeit. Wie das Gemüth des einzelnen Menschen seine reichsten Schätze aus den Erinnerungen seiner Vergangenheit, namentlich aus den Jugenderinnerungen schöpft, so beruht das Gemüthsleben der Völker größtentheils auf dem Andenken an seine Vorzeit; und wo tritt dieses Andenken dem Auge deutlicher entgegen als in den Denkmälern der Vergangenheit, die gleichsam eine lebendige Geschichte sind! Ein Volk darum, welches keine solchen Denkmäler aufzuweisen hat, wird stets eine große Anregung zu höherem Leben entbehren. Ein Volk aber, welches sie vernachlässigt, oder gar zerstört, zeigt sich selbst als für die edleren Regungen des Gemüthes nicht, oder weniger empfänglich. Es ist daher gewiß keine unwichtige Aufgabe, diese Denkmäler selbst vor Zerstörung zu schützen und die Liebe der Nation zu denselben zu bilden und anzuregen. Von dieser Ansicht hat sich nun auch unser Verein bei seinen Maßnehmungen leiten lassen. Es lag nicht in seinem ursprünglichen Plan, die vorhandenen Alterthümer ihrem Standort ohne Noth zu entreißen, noch sich ausschließlich der zur Erhaltung derselben nöthigen Arbeiten zu unterziehen. Selbst wenn zu beiden seine Mittel ausgereicht hätten, würde er es lieber gesehen haben, daß dieselben an den Stätten geblieben wären, wo sie die größte Bedeutung haben, daß allenthalben im Lande die Erinnerungen an die Vorzeit sich verbreiteten und daß jeder Ort mit Liebe und Sorgfalt die seinigen pflege. Denn der Mensch schätzt das am höchsten, auf das er selbst Sorge und Mühe verwendet hat. Der Verein hat daher zunächst auch anregend zu wirken gesucht; die Gemeinden und Ortsbehörden auf ihre Alterthümer aufmerksam gemacht, ihnen mit Rath und That bei deren Wiederherstellung beigestanden, da und dort selbstthätig eingegriffen, wo außerdem der Zweck nicht zu erreichen war. Ebenso hat er nur dann die vorhandenen Alterthümer von ihren Standorten entfernt, wenn sie der Zerstörung ausgesetzt waren, oder die Ortsbehörden selbst ihre Aufbewahrung durch den Verein wünschten. Auf diese Weise ist wie von selbst unser Museum, das Sie eben durchwandert haben, entstanden und kann auch für den zweiten Zweck des Vereins, für Erforschung der Alterthümer, als reiche Fundgrube dienen.

Daß dieser zweite Zweck ebenfalls von Wichtigkeit sei, wird Jeder anerkennen, der überhaupt von der Wichtigkeit der historischen Wissenschaften in unserer Zeit durchdrungen ist. Zwar möchte man hiergegen den Einwurf hören, daß der Geist der Zeit sich eher den Naturwissenschaften und denjenigen Wissenschaften zuwende, welche unmittelbar praktisch wirken, aber vielleicht dürfte es gerade deßhalb nöthig sein, den historischen Wissenschaften, die doch gewiß auch ein hohes geistiges Interesse darbieten, Sorgfalt und Anregung angedeihen zu lassen. Nächstdem ist die Behauptung, auf die sich jener Einwurf stützt, nicht einmal durchaus wahr; denn wenn auch das Interesse für die Erforschung des klassischen Alterthums, welches früher fast ausschließlich blieb, wieder abgenommen hat, so hat doch gerade in dem letztverflossenen Zeitraum das Studium der Vorzeit unseres Volkes, die Erforschung des Mittelalters und sein Verständniß einen erfreulichen Aufschwung genommen, so daß auch unsere hierauf gerichteten Bestrebungen gewiß als zeitgemäß zu betrachten sind.

(Abgedr. in den Mittheilungen des Königl. Sächs. Vereins f. Erforschung und Erhaltung vaterländischer Alterthümer. Heft VI. Dresden 1852. S. 16—17.)